Gerda Greschke-Begemann

Immanuels Geschichten

Gerda Greschke-Begemann

Immanuels Geschichten

Reisen in die Hoffnung

Bibliografische Information der Deutschen Nationalbibliothek:

Die Deutsche Nationalbibliothek verzeichnet diese Publikation in der Deutschen Nationalbibliografie; detaillierte bibliografische Daten sind im Internet über http://dnb.dnb.de abrufbar.

Neuauflage März 2025

Layout Buchblock + Cover: Dr. Peter Greschke

Verlag: BoD · Books on Demand GmbH, Überseering 33, 22297 Hamburg, bod@bod.de
Druck: Libri Plureos GmbH, Friedensallee 273, 22763 Hamburg
ISBN: 978-3-7519-0332-5

Inhalt

Dieses Buch widme ich meinem verstorbenen Bruder Manfred. Er hat uns jüngeren Schwestern einen Weg in die weite Welt gezeigt: Mit seinen Fantasie-Geschichten als Junge, später in den Schilderungen seiner Erlebnisse als Seemann.

Der Geschichtenerzähler

Immanuel war noch ein Kind, als seine wundersame Gabe offensichtlich wurde. Doch nicht die Erwachsenen, sondern die anderen Kinder waren es, die seine besondere Fähigkeit zuerst erkannten.

Immanuels Familie lebte in einer Stadt zwischen endlosen Wäldern und dem grauen Meer, ihr Haus lag nahe beim Stadttor. Der Vater war Tischlermeister und zusammen mit den Gesellen und Lehrjungen baute er für die Leute in der Stadt Truhen, Schränke und Betten. Wenn die Gesellen oder die Tanten Immanuel fragten, was er später einmal werden wolle, antwortete der Junge immer voller Eifer: »Geschichtenerzähler! Ich werde ein Geschichtenerzähler.«

Doch wenn er dann zu erzählen begann, um den Erwachsenen zu zeigen, wie gut er Geschichten erfinden konnte, hatten die keine Zeit, ihm zuzuhören. Der Vater schimpfte mit seinem Sohn: »Du sollst später unsere Tischlerei weiterführen und keine dummen Geschichten erzählen!«
Und dann musste der Junge einen Besen nehmen und die Holzspäne in der Werkstatt zusammen kehren.

Aber seine drei jüngeren Schwestern liebten es, dem Bruder zuzuhören, wenn er ihnen von Riesen und Zwergen, Drachen und Feen berichtete, die in den Wäldern hinter der Stadt lebten.

Den Kindern war es verboten worden, einen der Pfade zu gehen, die tief in den Wald führten. Es hieß, da lauerten Räuberbanden und eine Hexe wohne dort, die neugierige Menschen in Raben verzaubern würde. Manchmal jedoch wurden die Kinder ausgeschickt, um Kräuter für Tee zu pflücken, oder später im Sommer Beeren für Marmelade und Kompott zu sammeln. Weil die Mädchen Angst hatten, in einen schwarzen Vogel verwandelt zu werden, wagten sie sich nicht weit von der Straße fort, auf der die Kutschen mit Reisenden oder mit Waren beladene Karren in die Stadt kamen.

Immanuel aber schlich sich heimlich auf die verbotenen Pfade und wenn er zu den verängstigten Schwestern zurückkam, glänzten seine Augen und die Wangen glühten. An solchen Tagen kam er abends in die Kammer der Mädchen und erzählte von seinen wunderbaren Abenteuern mit den Wesen des Waldes.

Als Immanuel zwölf Jahre alt geworden war und nach dem Schulunterricht in der Werkstatt des Vaters das Tischlerhandwerk lernen musste, veränderten sich seine Geschichten. Seine Fantasie zauberte Segelschiffe, Piraten, freie Indianer auf wilden Pferden, wunderschöne tropische Inseln oder Fischer auf rauer See herbei. Die Schwestern bettelten jeden Abend, dass Immanuel sie mit einer Geschichte auf seine Abenteuer mitnehmen solle.

Besonders die kleine Calmia ließ sich von des Bruders Geschichten in den Bann ziehen. Wenn sie ihm zuhörte, waren ihre Augen geschlossen, aber sie sah alles genau vor sich und meisterte die Abenteuer zusammen mit ihm. Mit der Zeit wuchs eine große Sehnsucht in ihr, die weite Welt, die der Bruder ihr in seinen Geschichten zeigte, auch in der Wirklichkeit zu erleben.

Eines Abends führte Immanuels Geschichte sie an die große chinesische Mauer, die sich wie endlos durch ein trockenes Gebirge im Norden des gewaltigen Landes zog. Als Calmia und Immanuel das gewaltige Bauwerk erreichten, kämpften die Soldaten des chinesischen Kaisers gerade verzweifelt gegen eine riesige Truppe von Mongolen, die auf wendigen Pferden immer wieder gegen die Verteidiger der Mauer anstürmten.

Calmia versteckte sich in einer Vertiefung am Fuß der Mauer und hielt sich voller Angst die Hände vor das Gesicht. Doch sie hörte die Schreie und das Stöhnen der Verwundeten und Sterbenden, Schaum von den Mäulern der Pferde traf sie und das Wiehern gellte in ihren Ohren. Nach einer Weile öffnete sie vorsichtig die Augen. In Entsetzen gebannt beobachtete das kleine Mädchen nun, wie ein chinesischer Soldat nicht weit entfernt von ihr aus dem Schatten einer Mauernische hochsprang und einem mongolischen Angreifer mit seinem blitzenden Schwert einem grässlichen Hieb gegen den Hals versetzte. Starr vor Schrecken sah sie, wie der Kopf des Reiters nach hinten flog, der Körper zusammensackte und seitwärts von dem weiter galoppierenden Pferd hinabrutschte. Danach verfiel das Tier in Trab und kam schnaubend zum Stehen.

Nun bemerkte Calmia, dass Immanuel losrannte, die herabhängenden Zügel des schwarzen Pferdes ergriff und laut nach ihr rief. Sie lief durch das Kriegsgetümmel hinüber zum Bruder. Hastig schob er Calmia in den Sattel des Rappen und drückte ihr die Zügel in die Hand.

»Reite!«, sprach Immanuel eindringlich, »reite nach Norden hinunter ins Tal. Dort ist das Lager der Mongolen. Sie werden dich aufnehmen und du wirst mit ihnen weite Reisen und viele Eroberungen machen.«
Calmias Augen leuchteten. »Kommst du mit?«, fragte sie.
»Ich weiß es noch nicht, wir werden sehen«, antwortete Immanuel, »aber du, du wirst frei sein und Abenteuer erleben!«

Von diesem Tag an wurde Calmia nie wieder in der Stadt gesehen. Die Eltern gaben die Suche nach ihrer jüngsten Tochter bald schon traurig auf, denn sie dachten, Calmia sei von der Hexe im Wald zu einem Raben verzaubert worden.

Immanuel aber wurde von den Kindern der Stadt geliebt. Abends ging er oft durch das Stadttor hinaus zum Hafen hinunter und die anderen scharten sich um ihn, damit sie seinen wundervollen Geschichten lauschen konnten. Noch manches Mal verschwand ein Junge oder ein Mädchen geheimnisvoll auf Nimmerwiedersehen. Immer war es ein unglückliches Kind, das sich voller Sehnsucht in die weite Welt hinaus gewünscht hatte, weil es zuhause nicht genug geliebt wurde.

Erst nachdem auch Immanuel eines Tages nicht mehr zurückkam, endeten die rätselhaften Vorkommnisse in der Stadt. Viele Jahre später erzählten sich die Leute, dass der Geschichtenerzähler ein berühmter Seefahrer und Entdecker geworden war.

Der kranke Stadtsänger

In Immanuels Heimatstadt lebten die Menschen zumeist in Frieden und waren freundlich zueinander. Der Bürgermeister war ein gerechter Mann, er schlichtete, wenn es einmal Streit gab, und sorgte dafür, dass die Leute zufrieden waren. So war es seit langem Brauch, dass ein Sänger jeden Morgen und jeden Abend durch die Straßen zog und zur Freude aller Bürger alte und neue Lieder sang. Bestimmt war auch dies ein Grund für die Harmonie in der Stadt.

Solange Immanuel, der kleine Geschichtenerzähler, zurückdenken konnte, erklang morgens und
abends die Stimme von Johannes, dem Stadtsänger.
Alle liebten die wunderschönen Melodien, die
Johannes vortrug. Die Kinder besuchten ihn gerne in
seiner Stube am oberen Stadttor, wenn er sich neue
Lieder ausdachte und einübte. Aber seit dem letzten
Neumond erklang die Stimme des Stadtsängers nicht
mehr in den Straßen der Stadt, Johannes war krank
geworden, er konnte das Bett in seiner Stube nicht
mehr verlassen. Es hieß, um den Sänger würde es
schlimm stehen. Eltern verboten ihren Kindern, ihn zu
besuchen, denn sie fürchteten, dass die Krankheit
ansteckend sei und die Kinder ebenfalls krank werden
könnten.

Daher fand Immanuel den Sänger ganz alleine in
der kleinen Kammer vor, als er ihn dennoch besuchte
um nachzuschauen, wie es Johannes ginge. Der Mann
sah elend aus, bleich und abgemagert, obwohl die alte

Kräuterfrau Maida alles versucht hatte, ihn zu retten. Sie hatte ihn mit Salben und Pasten eingerieben, ihm heiße Wickel um den Körper gebunden und allerlei Tees zubereitet, doch nichts hatte geholfen.

Als Immanuel eingetreten war, wandte Johannes ihm das Gesicht zu und begrüßte ihn mit einem ganz schwachen Lächeln. Dann hustete er lange und sank kraftlos ins Kissen zurück. Immanuel wollte es vor Mitleid schier das Herz zerreißen.

»Sag mir, was passiert ist und was dir fehlt, ich möchte dir helfen. Ich kann dich mitnehmen und reisen lassen in meinen Geschichten. Vielleicht finden wir einen Ort, an dem du geheilt werden kannst. «

Der Stadtsänger seufzte angestrengt, sein Atem rasselte, während er heiser und keuchend antwortete. »Ich war tief im Walde … neulich … ich wollte … den Gesang der Goldammer … studieren.«

Wieder schüttelte ein Hustenanfall den hilflosen Mann.

Immanuel wartete lange, bis Johannes fortfahren konnte.

»Die Hexe lauerte mir auf … hat mich bespuckt … und nun … bin ich todkrank. Ich kann nicht mehr singen.« Seine Stimme brach.

Immanuel zog sich einen Hocker heran, beugte sich über den geschwächten Sänger und legte sacht die Hand auf die Brust des Kranken. Dann erzählte er.

Johannes war lange durch den dichten Wald gelaufen, weil er dem Gesang eines kleinen Vogels folgte. Jetzt war er am Gebirge angekommen und stieg einen steilen Pfad hinauf, bis er die offene Kuppe des Hirschberges erreichte. Eine Lerche jubilierte am Himmel über ihm und aus einem Baumwipfel am Waldrand ertönte das Lied der Goldammer, die ihn bis hier oben heraufgelockt hatte. Ganz versunken lauschte Johannes den Gesängen, er hatte die Augen geschlossen und war glücklich. Nach einer Weile aber drangen noch andere Geräusche aus den Tälern hinauf, ein Brausen war zu hören. Staunend schaute Johannes sich um.

Was er sah, war höchst eigenartig. Trotz strahlendem Sonnenschein traten Flüsse und Bäche über die Ufer, in den Tälern ringsumher stiegen die Wasser, in den Senken wurden Straßen und Wege überflutet und dort, wo sonst Getreide wuchs oder Kühe weideten, breiteten sich nun spiegelnde Seen aus. Woher kam all das Wasser?

In Johannes stieg Furcht auf. Hilflos musste er zusehen, wie sich ihm alle Wege versperrten für den Heimweg. Er fühlte sich plötzlich sehr einsam und es drängte ihn, zurückzufinden zu den anderen Menschen. Doch wie sollte er sie erreichen? Immer neue Pfade probierte er aus, doch stets musste er umkehren, weil reißendes Wasser ein Überqueren unmöglich machte, sobald der Weg tiefer hinab führte. Mutlosigkeit überkam ihn, wie sollte er der Abgeschiedenheit hier oben nur entkommen? Wer könnte ihm noch helfen?

Der Vogelgesang war längst verstummt, die Stille, die nur vom Rauschen des Wassers gefüllt war, wurde Johannes unerträglich. Um sich Mut zu machen, begann er, ein Lied zu singen. Und weil er ein besonders guter Sänger war, tönte seine Stimme schon bald immer lauter und die vollen Töne breiteten sich aus. Plötzlich glaubte er, dass sein Lied ein vielfältiges Echo von den Bergen ringsumher fand. Jetzt verstummte er und lauschte.

Es war aber nicht das Echo seines Gesanges, sondern fremde Menschenstimmen aus den umliegenden Wäldern antworten ihm. Ein wunderschöner Chorgesang und die Musik von Instrumenten klangen aus der Ferne herüber, sogar der Geruch von Lagerfeuern stieg in Johannes' Nase.

Voller Inbrunst und Sehnsucht fiel seine Stimme ein in den anschwellenden Chorgesang aus den

Wäldern. Eine allumfassende Harmonie breitete sich aus und die Tiere des Waldes traten unter den Bäumen hervor. Hirsche, Rehe und Wildschweine lauschten gemeinsam mit Dachsen, Füchsen und Kaninchen friedlich nebeneinander am Waldessaum den Gesängen und sogar ein scheuer Wolf fand sich ein.

Nun entdeckte Johannes Menschen auf den Gebirgspfaden der Umgebung, bald erkannte er deutlich Personen aus seiner Kindheit und je mehr seine Stimme an Kraft zunahm, desto schneller näherten sie sich ihm. Camina, die Frau, die früher seine Amme gewesen war, schritt ihm entgegen und ergriff seine Hand.

»Komm, ich führe dich zu Wenzel, meinem Sohn, er ist Holzfäller im Gebirge. Er ist klug und stark, er kennt jeden Pfad und alle Stege, er wird dir einen Ausweg zeigen.«

Camina führte ihn bergauf und dann seitwärts unter die Bäume zu einer Hütte mit einem angebauten Stall, aus dem ein Pferd zur Begrüßung wieherte.

Wenzel war ein großer Mann mit langen, struppigen Haaren und einem roten Bart, der fast das gesamte Gesicht bedeckte, doch seine Augen schauten Johannes freundlich entgegen.

»Mein Sohn, ich bringe dir Johannes, für den ich gesorgt habe, als er noch ein Säugling war. Er ist unter den Bann der schwarzen Hexe geraten, die alle Wasser in ihm und um ihn herum steigen lässt. Zeig ihm, wie er dieses Gefängnis verlassen kann.«

Wenzel ging mit sicheren Schritten voran, doch er schaute sich immer wieder um, und wenn Johannes ihm nicht folgen konnte, verlangsamte er seinen Schritt. Oft wartete er auf den Sänger, reichte ihm die Hand, wenn ein Steg über ein rauschendes Wasser besonders schmal war oder ein umgestürzter Baum unüberwindlich erschien. Dann war es Johannes, als ob die Kräfte und der Mut des starken Mannes zu ihm hinüber fließen würden. Auf kleinsten Vorsprüngen ging es an steilen Klippen entlang und wenn der

Schwindel Johannes übermannen wollte, spürte er die kräftige Hand von Wenzel, die ihn hielt.

Nachdem der Holzfäller ihn einmal über einen tiefen Spalt im Felsen heben musste, schämte Johannes sich, doch Wenzel ließ sich nichts anmerken, sondern gab ihm eine Aufgabe.

»Es ist Zeit, dass du deine Stimme erhebst, kleiner Sänger, lass sie weit tönen! Deine Lieder werden die Natur beruhigen und alle Wasser besänftigen. Das kannst nur du, ich kann das nicht.«

Der große Mann sah ihn eindringlich an.

»Atme tief und sende den Schall durch die Schluchten! Deine Melodien werden die allzu heftig sprudelnden Quellen gnädig stimmen und sie wieder sanfter fließen lassen.«

Johannes holte tief Luft, begann erst zaghaft, dann immer beherzter, das Lied vom Mond über dem See zu singen. Als er die zweite Strophe sang, sah er, dass viele Quellen versiegten und die Wasserströme allmählich zurückwichen, die Ufer der Bäche und das

Gestein kamen wieder zum Vorschein. Voller Leidenschaft sang er die dritte, dann auch die vierte Strophe, und von den überfluteten Wiesen und Feldern unten im Tal zog sich das Wasser so rasch zurück, wie es gekommen war.

Die Vögel begannen erneut zu singen, Bienen summten und Grillen zirpten. Dankbar und in großer Erleichterung summte Johannes ein fröhliches Sommerlied, als er endlich den Weg erreicht hatte, der ihn in die Stadt zurückführen würde.

Immanuel beendete seine Geschichte und nahm die Hand von der Brust des Sängers, der nun wieder leicht und ruhig atmete. Zum Ende der Erzählung, als Immanuel schilderte, wie die Wasser sich vom Land zurückzogen, hatte das Gesicht des Kranken wieder Farbe bekommen. Seine Hände und Füße waren warm geworden, das Fieber war verschwunden und seine Lunge wieder frei geworden.

Jetzt richtete Johannes sich auf und schaute den Geschichtenerzähler mit klarem Blick, aber erstaunt, in die Augen.

»Du hast Wunderkräfte, lieber Junge, ich verdanke dir mein Leben! In deiner Geschichte bin ich meiner alten Amme begegnet und ihr Sohn hat mich zurückgeführt aus der Gefahr. Nur so bin ich gesund geworden. Ich weiß nicht, wie ich dir danken soll, Immanuel, aber ich werde ein neues Lied schreiben über einen Geschichtenerzähler, der Wunder vollbringt.«

Schon am nächsten Abend zog der Stadtsänger wieder durch die Straßen und sang das neue Lied.

Stäubzwerge

An manchen Sommerabenden, wenn der Tag erst sehr spät zur Nacht wurde, setzten sich die Gesellen aus des Vaters Tischlerwerkstatt zu Immanuel und wollten eine neue Geschichte hören. An diesem Abend brachte ein Bursche seine Freundin mit, die Küchenmagd beim Bürgermeister war.

Das übermütige Mädchen fragte: »Kannst du auch erzählen, was in der Zukunft sein wird? Ich möchte zu gerne wissen, wie die Menschen in späteren Zeiten den Hexen und Kobolden begegnen, die im Wald wohnen.«

Immanuel rückte zur Seite und bat die Magd, sich dicht neben ihn zu setzen, dann legte er seine Hand auf ihre Schulter.

»Halte dich an mir fest und bleib still sitzen, Agnes, damit mein Zeitteppich uns tragen kann. Wir reisen jetzt 400 Jahre in die Zukunft.«

Verblüfft sahen die Gesellen zu, wie sich Immanuel und das Mädchen vor ihren Augen in nichts auflösten, ängstlich riefen sie die Namen der beiden Verschwundenen.

»Nicht zum Meister rennen! Lasst uns abwarten«, sagte der Altgeselle, und die anderen folgten seinem Rat.

D ie Gesellen konnten jedoch nicht sehen, was Agnes zu Gesicht bekam. Zwar lebte sie in modernen Zeiten, aber sie fand sich auf einer grünen Insel mit Felsklippen, Wiesen und Mooren wieder. Dort arbeitete sie als Köchin im Hotel am Rande einer kleinen Stadt. Hier musste sie kein Herdfeuer mehr anzünden, sondern schnell lernen, mit all den rätselhaften technischen Dingen umzugehen, die die Menschen erfunden hatten. In dieser Küche hantierten die Leute nicht mehr mit schweren Eisenkesseln oder Pfannen, sondern sie benutzten blanke Gerätschaften, die von geheimnisvoller Kraft betrieben wurden und die Arbeit viel leichter machten. Agnes war eine sehr kluge junge Frau, sie schaute, wie die anderen alles machten und begriff schnell, was sie zu tun hatte.

In ihrer Freizeit am Nachmittag liebte sie es, lange Spaziergänge über die grünen Hügel und durch die Moore zu unternehmen, wobei sie gutgelaunt über die Steine sprang. Abends unterhielt sie sich manchmal mit den Hotelgästen. Besonders beliebt bei den Touristen war die Geschichte ihrer Begegnung mit den Stäubzwergen und Agnes erklärte ihnen gerne, warum man Stäubzwerge niemals fotografieren soll.

Niemand weiß genau, wie alt sie sind, erzählte sie, aber gewiss ist, dass sie schon seit Jahrhunderten hier wohnen, womöglich sind sie auch schon über tausend Jahre heimisch, die launischen Stäubzwerge auf unseren Inseln. Sie haben große Füße mit Schwimmhäuten zwischen den Zehen, damit sie über das Moor laufen können, dort halten sie sich am liebsten auf. Der Regen stört sie nicht, aber wenn die Sonne scheint, strecken sie sich gern auf einem Stein aus und lassen sich wärmen. Sie sind nur etwas über eine Handbreite groß und im Heidekraut fast nicht zu sehen, sie haben ein fabelhaftes Gehör und bemerken früh, wenn sich eine gefährliche Raubmöwe nähert.

Manche sagen, dass die Stäubzwerge mit der letzten Eiszeit aus Norwegen gekommen sind und von den Trollen abstammen. Wahrscheinlich haben die Wikinger damals solche Legenden erzählt. Fest steht, dass die Stäubzwerge ganz im Gegensatz zu den Trollen die Sonne gern mögen, aber auch in der Dunkelheit ausgezeichnet sehen können. Das müssen sie auch, denn ihre Nahrung sammeln sie hauptsächlich nachts. Tagsüber sind zu viele Vögel unterwegs, die zur Abwechslung gerne einmal einen Stäubzwerg fressen, weil der nicht so nach Fisch schmeckt.

Gelegentlich rächen sich die Zwerge an den bedrohlichen Vögeln, dafür haben sie raffinierte Fallen erfunden, die ähnlich wie eine Mausefalle funktionieren. Meistens erwischen sie damit verschiedene Watvögel, die mit ihren langen Schnäbeln nach dem Köder stochern, die von den Stäubzwergen in den Fallen ausgelegt werden. Die kleinen Kerle sind aber auch ausgesprochen geschickt mit dicken Fäden, die sie sich aus Schafwolle herstellen und wie ein Lasso benutzen. Besonders die Trottellummen und die Alke werden damit ihre Beute.

Aber eigentlich essen die Zwerge nur zu ganz besonderen Gelegenheiten Fleisch, zu einer Hochzeit vielleicht einmal. Für einen Stäubzwerg im Moor ist es wahrlich kein Vergnügen, ein Feuer in Gang bringen zu müssen, um Vogelfleisch zu braten. Rohes Fleisch essen die kleinen Wesen nicht, da sind sie kultivierter als wir Menschen.

Überhaupt, die Menschen! Entweder tapsen sie polternd durch die Behausungen des kleinen Volkes, weil sie sie nicht bemerken, oder sie kreischen laut auf, wenn sie einen Stäubzwerg entdecken. Noch schlimmer sind jene Menschen, die den Atem anhalten und leise ganz nah herangekrochen kommen, um mit ihren flachen, spiegelnden Apparaten das Leben aus den Stäubzwergen herauszusaugen.

Davon sind die Zwerge überzeugt, denn ein besonders pfiffiger von ihnen hat einmal beobachtet, dass ein Menschenmann herankam, sein Gerät geklickt hat – für die Stäubzwergohren war das wie ein Knall! – und danach war der Lebensmoment des Zwerges in dem Apparat gefangen. Der Menschenmann hat mit dem Zwerg rumgespielt, ihn sogar größer und kleiner geschoben! Seither verstecken sich die Stäubzwerge noch besser vor den Menschen, denn die bringen stets Unruhe und Gefahr.

Im Winter wird es ruhiger im Moor, viele Seevögel sind nach Süden gereist, es gibt kaum noch Touristen, die die Behausungen der Zwerge zertreten, die Nächte sind lang und die Zwergenbetten aus trockenem Moos sehr gemütlich in den kleinen Höhlen. Ihre Vorratslager mit getrockneten Beeren, Pilzen und Grassamen sind gut gefüllt und die ganz alten Stäubzwerge erzählen von den Pikten und den Wikingern, die früher auf den Inseln lebten.

Manche Nacht machen sich die jüngeren Zwerge auf den Weg zu einem Menschenhaus, denn dort finden sie immer etwas Besonderes zu essen oder eine Schraube oder einen Nagel. Das alles sammeln sie begierig und nutzen es für ihre Erfindungen. Aber solange die Menschen ihren Lebensraum nicht stören, verzichten die Stäubzwerge auf kleine Gemeinheiten, die sie durchaus beherrschen: Luft aus einem

Autoreifen ablassen, ein Loch in die Wasserleitung bohren oder ein Stromkabel durchschneiden.

»Eine Stäubzwergin hat mir das alles heute Nachmittag erzählt, weil ich lange ruhig in der Sonne gesessen habe. Natürlich habe ich sie nicht fotografiert – das wäre sehr unhöflich gewesen«, beendete Agnes ihre Schilderung immer.

»Komm«, hörte sie plötzlich Immanuels Stimme, »wir müssen zurück, die anderen werden sich sonst Sorgen machen!«
Der Geschichtenerzähler tippte sie an die Schulter, und ohne lange zu überlegen, hielt sie sich an seinem Arm fest.

Wie betäubt saß Agnes nach einem klitzekleinen Moment wieder auf der Holzbank im Garten der Tischlerei, verwirrt schüttelte sie den Kopf, als die Gesellen sie erleichtert jubelnd begrüßten. Als sie von

ihrer Arbeit mit glitzernden Geräten in der Zukunfts-
küche berichtete, betrachteten die Männer sie
ungläubig zweifelnd. Aber die Geschichte von den
Stäubzwergen glaubten sie ihr.

Weltende

Eines Abends, als seine jüngeren Schwestern schon schlafen gegangen waren, stieg Immanuel, der Geschichtenerzähler, die steile Holztreppe zur Kammer der Gesellen hinauf. Er wollte ihnen beim Würfelspiel zuschauen. Drei Gesellen und Philip, der neue Lehrling, hockten um einen niedrigen Tisch, auf dem eine Talgkerze flackerte und ließen die Würfel rollen.

Philip war ein besonders pfiffiger Kerl mit vielen frischen Ideen. Er wollte nicht, wie sein eigener Vater,

Knecht bei einem Bauern sein, sondern ein Handwerk erlernen. Stets probierte er Neues aus und Wenzel, der Altgeselle, knurrte oft missmutig, wenn der Junge eine Methode fand, wie eine Arbeit leichter und schneller zu erledigen war. Doch Immanuels Vater, der Tischlermeister, schützte den begabten Lehrling. Er war sehr geschickt mit den Werkzeugen und erfand Vorrichtungen, mit denen die Werkstücke zur Bearbeitung besser festgehalten werden konnten.

Neulich hatte Immanuels Vater den Lehrling sogar am Mittagstisch gelobt und gemeint, dass er es bestimmt noch weit bringen würde mit seinem Lerneifer und seinen guten Einfällen. Immanuel zweifelte nicht daran, dass sein Vater sich insgeheim einen Sohn wie Philip gewünscht hatte. Philip war voller Lebensfreude und sprudelndem Temperament. Lange still sitzen mochte er nicht, darum sprang er sofort hoch, als der Geschichtenerzähler in die Kammer trat.

»Ah! Immanuel! Du kommst gerade recht, erzähl uns doch eine deiner Geschichten, zeig' uns die Zukunft!« Jetzt unterbrachen auch die anderen das Spiel und schauten den Geschichtenerzähler neugierig an.

Immanuel stützte seine Ellenbogen auf den Tisch, legte das Kinn in die Hände und starrte nach draußen in die Dunkelheit, seine Worte fielen in eine gespannte Stille. Er schilderte eine ferne Zeit, in der Wagen über glatte Straßen rollten, ohne von Pferden gezogen zu werden, in den Städten gab es keine dunklen Nächte mehr, denn Häuser und Straßen waren hell erleuchtet, es gab sogar Fahrzeuge, die Flügel hatten und sich in die Luft erheben konnten.

Philip, der besonders hingebungsvoll lauschte, musste an den großen Auftrag der letzten Wochen denken, als sie alle bis tief in die Nacht arbeiten mussten, um rechtzeitig fertig zu werden. Es war schwer gewesen, beim Licht der Talgkerzen die Augen offen zu halten und genau zu arbeiten. Aufgeregt ergänzte er Immanuels Geschichte.

»In den Werkstätten gibt es helle Lichtstrahlen, große, eiserne Arme packen das Holz, sie sägen und schleifen es wie von Geisterhand, schneller noch als der Meister es kann! – Immanuel, diese Zukunft, von der du erzählst, die möchte ich unbedingt sehen. Bring mich doch dort hin! Das Küchenmädchen Agnes hat erzählt, dass du das kannst und dass sie selbst mit dir fort gewesen ist. Ich möchte allzu gern auch einmal in die ferne Zukunft reisen – ich will hinaus aus dieser stickigen Kammer und sehen, wie die Menschen später leben, ich will wissen, was sie noch alles erfinden werden. Lässt du mich reisen? Bitte!«

Immanuel schloss die Augen und die anderen schwiegen gespannt, denn auf dem Gesicht des Geschichtenerzählers spiegelten sich Sorgen, seine Augenbrauen zogen sich zusammen bei den Bildern, die er sah.

»Willst du es wirklich wagen? Auch, wenn du nicht zurückkehren kannst, Philip?«

Der Lehrling nickte heftig und legte beide Arme auf Immanuels Schultern.

»Ja, das ist mein größter Wunsch. Los!«

Ein Zischen und ein gleißendes Leuchten fuhren durch den Raum – Immanuel und der Lehrling waren verschwunden, als ob der Blitz sie entführt hätte. Die Gesellen sahen sich erschrocken an.

»Es wird so sein wie neulich mit Agnes«, meinte Wenzel nach einem Moment, »sie werden bestimmt wiederkommen.«

Schweiß rann Philip von der Stirn, die Luft war schmerzend heiß und staubig. Er stand vor einem gewaltigen Gebäude, das von einem riesigen gläsernen Dach überspannt wurde, das wie eine Halbkugel aus unzähligen Pilzhüten geformt war. Vor Staunen über das unwirklich erscheinende Bauwerk, aber auch aus Atemnot, hatte Philip den Mund aufgerissen. Er presste sein Gesicht an eine der großen, senkrechten Glasflächen, die in die Seitenwände des Gebäudes eingelassen waren. Sie fühlten sich etwas kühler an als die heiße Luft um ihn herum.

Als er seine Umgebung genauer in Augenschein nahm, stellte er fest, dass es hier nichts gab außer der Wand, an der er lehnte. Kein Baum, kein Gras, kein Tier weit und breit, nur diese gebogene Wand, die eine riesige Glaskuppel trug, viel größer als das Dach des Domes in seiner alten Heimat, stand in einer Wüste aus Staub, Sand und Steinen. Über den Fenstern, etwas unterhalb des Daches, stand in übergroßen kupfernen Lettern: EISHALLE DENVER. Philip verstand nicht, was das bedeuten sollte, und lange konnte er auch nicht begreifen, was er drinnen sah.

Kurze, dicke Menschen lagen reglos auf sonderbar geformten Polstern, vor den Augen, in den Ohren und am Mund trugen sie winzige, fremdartige Geräte, die sie manchmal träge berührten, deren Nutzen sich Philip aber nicht erklären konnte. Nur eine einzige Person, ein klein gewachsener Junge, der etwa in seinem Alter zu sein schien, bewegte sich in der Halle. Philip trommelte an die Glasscheibe, er hoffte, der Junge würde ihn ins Gebäude einlassen.

Karoms Bein schmerzte, doch immerhin konnte er noch laufen, viele seiner Verwandten hier in der Halle waren dazu nicht mehr imstande. Nun aber könnte diese Fähigkeit zu seinem Verhängnis führen, denn er hatte beschlossen, sich aufzumachen in die Draußenwelt. Lieber wollte er dort gegen die feindliche Welt um sein Überleben kämpfen, als noch länger eingesperrt zu sein im Glasgefängnis. Die anderen aus der Gemeinschaft der Überlebenden hatten ihn immer gewarnt, wenn er davon sprach, die Welt zu erkunden.

»Dort draußen ist nichts, nur der endgültige Tod«, wiederholten sie ständig.

Nun aber bat ein fremdartiger Junge verzweifelt um Einlass. Karom humpelte zur Schleuse und mühte sich ab, das Tor für ihn zu öffnen Der Junge in der sonderbaren Kleidung draußen vor der Schleuse hatte die Verriegelungstechnik schnell begriffen und half Karom, die schwere Tür aufzustoßen, nachdem dieser den Entschlüsselungscode mit seinen Augenbewegungen aktiviert hatte. Karom merkte, dass der fremde Besucher aufatmete, denn hier drinnen war die Atemluft gekühlt und gefiltert.

Philips Staunen hingegen war grenzenlos, als auf ein unsichtbares Signal hin ein scheinbar lebendiges Gerät herangeflogen kam, das ihn umkreiste. Philip konnte nicht wissen, dass jetzt seine biologischen Daten gemessen wurden. Schon kam ein Tablett angeschwebt mit gefüllten Gefäßen aus einem unbekannten Material. Dankbar griff Philip nach dem angebotenen Wasser und nahm auch von dem gelbgrünen Brei.

Seine Verwunderung nahm kein Ende, denn Karom sprach zwar eine fremde Sprache, doch nachdem er mit dem Finger gegen seine Kehle gedrückt und etwas gemurmelt hatte, verstand Philip plötzlich alles, was Karom sagte und umgekehrt funktionierte es ebenso. Ein Gerät unter Karoms Haut wandelte die unbekannte Sprache jeweils passend für den anderen um. So konnte Philip seine Fragen stellen und Karom konnte dem Fremden alles über sein Leben in dieser abgeschiedenen Gemeinschaft erzählen. Weil der junge, fremde Mensch sehr neugierig war und unbedingt alles über die gläserne Welt wissen wollte, verschob Karom seinen Entschluss, die feindliche Draußenwelt zu betreten, stattdessen widmete er sich dem sonderbaren Besucher und berichtete.

Damals, nachdem die Sonnenstrahlen wieder bis auf die Erde reichten, hatten die Alten es geschafft, die Voltaik-Anlagen mit den Solarpaneelen oben auf dem

Dach wieder in Betrieb zu nehmen. Seither funktionierten sie auf dem riesigen Glasdom einwandfrei. Die Überlebenden hatten damit genügend Elektrizität, um Wasser zu gewinnen und große Mengen Mikroben in den Laboren wachsen zu lassen, auch grüne Algen vermehrten sich in den Zuchtbecken. Aus diesen Zutaten wurde ein hellgrünes Pulver hergestellt, von dem sich alle ernährten. Karom kannte gar nichts anderes als dieses immer gleiche Essen.

Verwundert fragte Philip ihn, wo denn all die Bäume und Blumen seien und die Pflanzen und Tiere, die von den Menschen normalerweise als Nahrung zubereitet wurden. Karom stutzte kurz, erinnerte sich dann aber an die Geschichten der Urmutter, die sie viele Jahre lang regelmäßig den Überlebenden und deren Nachkommen erzählt hatte. Zwar hatte die Urmutter inzwischen längst ihre Erinnerungen verloren und nur einige ganz alte Bilder aus ihrer Jugend waren noch in ihrem Kopf vorhanden, doch jeder kannte ihre Geschichten aus der Zeit vor der Katastrophe.

Sie alle hatten immer gern zugehört, wenn die Alte von lustigen Tieren erzählte oder von grünen Pflanzen mit bunten Blüten und Früchten. Sie hatte auch genau beschrieben, was sie über die verschwundenen Bäume wusste: Es waren alte, grüne Riesen gewesen auf mächtigen Stämmen, die über ein weit reichendes Wurzelwerk fest in der Erde verankert waren. Die Bäume speicherten Wasser im Boden und Kohlenstoffgas in ihren ausladenden grünen Blätterkronen, wobei sie gleichzeitig den lebenswichtigen Sauerstoff für die Atemluft freisetzten. Große Ansammlungen dieser wunderbaren Naturgeschöpfe bildeten Wälder, in denen viele unterschiedliche Tiere lebten.

Wenn die Urmutter von den Wäldern ihrer Kindheit erzählte, wurden ihre Gesichtszüge zart und weich. Auch bei ihren Zuhörern setzten ihre Worte warme Gefühle aus Sehnsucht und Wehmut frei. Es schien, als ob die Erinnerungen der alten Mutter auch irgendwo tief in den Gehirnen der Nachkommen abgespeichert wären, jedenfalls sorgten die erzählten Bilder dafür, den Lebensmut in der Gemeinschaft der Überlebenden und ihre Hoffnung auf eine schönere Welt aufrecht zu erhalten.

Der Urvater war längst entsorgt worden, seine Vitalfunktionen hatten schon vor zehn Jahren ausgesetzt, kurz nachdem er es gewagt hatte, eine Schleuse zur Außenwelt zu bauen und sich draußen umzusehen. Er hatte gehofft, Tiere oder andere Menschen zu finden, die vielleicht die Katastrophe überlebt hatten. Doch in der endlosen Wüste draußen war nichts Lebendes mehr und während eines Staubsturmes verlor er den Weg. Er war völlig erschöpft und fast verdurstet, als er es mit letzter Kraft endlich wieder zur Schleuse des gläsernen Doms geschafft hatte.

Danach hatte er nicht mehr lange gelebt, eine rätselhafte Krankheit saugte die Lebenskraft aus ihm heraus. Aber er hatte einen flachen schwarzen Kasten in einer Betonruine gefunden und eingesteckt, bevor der Staubsturm ihn fast getötet hatte.

Erst lange nach der Entsorgung des Urvaters war es Karom zusammen mit einem Technikspezialisten gelungen, den Inhalt des schwarzen Kastens zu entschlüsseln. Es handelte sich um einen Datenspeicher aus längst vergangenen Zeiten. Als sie endlich erfolgreich die Informationen auf die eigenen Augenlinsen übertragen hatten, erkannten sie Aufzeichnungen auf der alten Festplatte, die bis ins Jahr 2070 zurückreichten.

Karom staunte über das Leben der Menschen in der Vergangenheit, während der Technikspezialist die ausgelesenen Informationen anfangs noch ziemlich albern fand.

»Was für banale Sorgen die Leute damals diskutiert haben!«, meinte er verächtlich.

Die Wanderungsbewegungen von Völkern aus verdorrenden Teilen der Erde machten den Vorfahren zwar Angst, aber sie taten nichts dafür, die Heimatländer der Auswanderer zu retten; ständige Feindseligkeiten zwischen unterschiedlichen Religionen führten zu Angriffen und Morden, Kriege wurden geführt um Gas und Öl, aber niemand kümmerte sich um die Konzernpolitik des weltweiten Monopol-Energieversorgers „The Big Blast", der diese Kriege anfachte.

Stattdessen schlachteten sich junge Menschen mit raffinierten Waffen gegenseitig ab. Und das alles nur, damit ganz wenige Menschen immer mehr Reichtümer sammeln konnten, während die große Masse immer ärmer wurde. Karom und der Techniker waren sich einig, dass diese Menschen sehr dumm gewesen sein mussten.

Karom sah Bilder, wie in jener Zeit die ganz alten Leute, die nicht mehr nützlich sein konnten, vor einer großen Bildwand zum Sterben auf bequeme Betten gelagert wurden, sie schauten friedliche Naturbilder an und bekamen sanfte Musik auf ihre Kopfhörer, während das endgültige Schlafmittel in ihre Venen tropfte.

Dann aber folgten Bilder, die zu den frühen Erzählungen der Urmutter passten und Karom begriff allmählich, wie es zu der großen Katastrophe gekommen war, die ihn zum Gefangenen im Glashaus gemacht hatte. In den alten Bilddateien war dokumentiert, wie die meisten Länder der Erde immer heißer und trockener wurden und gewaltige Brände die Waldflächen und Felder vernichteten. An anderen Orten der Erde rissen unkontrollierbare Hochwasser und Regenfluten Dörfer und ganze Städte fort. Große Menschenmassen flohen in entfernte Länder, weil es in der eigenen Heimat keine Nahrung mehr gab. In den Zufluchtsländern aber verteidigten die Ansässigen verzweifelt ihre Vorräte, wie tollwütige Hyänen entrissen sich Menschen gegenseitig alles Essbare, sie schlugen um sich und töteten.

Nur die ganz Reichen, denen alles gehörte und die immense Vorräte angelegt hatten, waren noch eine

Weile sicher in ihren hohen Festungen aus Beton, Stahl und unzerstörbarem Glas. Doch selbst sie konnten ohne die Arbeit der anderen nicht überleben.

Ganz zum Schluss hatte Karom noch einen Datenstrang auf der alten Festplatte entdeckt, der ihn sehr nachdenklich machte. Das Video war im Jahr 2070 aufgenommen und gespeichert worden und zeigte die Erlebnisse eines etwa zwölfjährigen Jungen namens Max:

Stille, beängstigende Stille – seit Stunden hatte Max auf seiner Wanderung durch die Todesschlucht kein Lebewesen mehr gehört oder gesehen, auch jegliches Grün war verschwunden. Obwohl ihm unheimlich zumute war und seine Augen in der staubigen Schlucht brannten, marschierte Max immer tiefer in das Tal hinein und ließ die Kamera eingeschaltet. Seine Neugierde war größer als seine Furcht.

Ein toter Baum schaukelte im leichten Luftzug und der Junge erschrak fast zu Tode, als sich eine Eule mit großen Augen daraus erhob und ihm entgegenflog, bevor sie aufstieg und in einem Loch oben in der Felswand verschwand. Max starrte auf die Landschaft vor sich in der Hoffnung, weitere Lebenszeichen zu entdecken, aber die Gegend war tot. Alles war tot, die Bäume abgestorben, umgefallen, manche verkohlt, wie vom Blitz getroffen. Kein Grashalm, kein Insekt, überhaupt kein Lebewesen – nichts, gar nichts!

Dieses Gebiet ähnelte den fremden Planeten draußen im Universum, deren Bilder von Weltraumsonden ständig zur Erde gesendet und im Wissenspool veröffentlicht wurden.

Eine düstere Stimmung erfasste Max, doch schon nach einigen weiteren Schritten schreckte er hoch. Sein linker Fuß war auf einen Metallgegenstand getreten. Es war ein flaches, dreieckiges Schild, bedeckt von Sand und Geröll. Er bückte sich und wischte den Staub ab. Auf einem gelben Untergrund war ein schwarzes Zeichen abgebildet, es sah fast so aus wie ein Propeller mit drei Flügeln.

Jetzt erinnerte sich Max, solche Zeichen in alten Büchern des Großvaters gesehen zu haben, sie warnten in den vergangenen Zeiten vor gefährlichen Atommüll, der damals bei der Energiegewinnung entstand. Dieser Abfall sandte unsichtbare Strahlen aus, von denen lebendige Zellen verändert und zerstört wurden. Aber seit mehreren Jahrzehnten hatte die Regierung alle Informationen über Atommüll verboten, und so waren die gefährlichen Strahlen schon bald zum vergessenen Geheimnis geworden.

Doch Max erkannte voller Schrecken die Gefahr. Er kehrte auf der Stelle um. Zuhause berichte er von seiner Entdeckung und fragte die Eltern empört: »Wie konnten die Vorfahren uns etwas so Schreckliches hinterlassen?«

Ein Forscherteam untersuchte kurz darauf das Tal und stellte fest, dass sich die abgestorbenen

Gebiete immer weiter ausbreiteten und das Sterben nicht mehr aufzuhalten war. Ein altes Lager mit Atommüll war durch ein Erdbeben eingestürzt. Als danach gewaltige Regengüsse einsetzten, waren die zerstörten Fässer, in denen der Müll verwahrt wurde, mit dem Wasser an die Oberfläche getrieben. Max erfuhr die Ergebnisse nicht mehr, er starb bereits elf Tage nach seiner Wanderung durch das Todestal an Verstrahlung.

Diesen Film zeigte Karom nun auch seinem Besucher. Philip verstand nicht, warum Karom ihm erst winzige, runde Scheiben auf die Augen kleben musste, bevor die unbegreiflichen Bilder in seinem Kopf zum Leben erweckt wurden, er verstand auch nicht, was Atommüll war. Aber er verstand, dass die Menschen ihre Zukunft selber zerstört hatten.

»Immanuel«, rief er flehentlich, »ich will zurück, bitte bring mich nach Hause! Hilf mir, hier weg-zukommen!«

Zu Karom sagte er: »Komm mit mir, halte dich gut an

mir fest, wir reisen zurück in eine Zeit, die noch Zukunft hat und in der es noch Wälder gibt.«

Immanuels Gesicht tauchte draußen vor den Glasscheiben auf, sie hetzten zur Schleuse und dort streckte der Geschichtenerzähler ihnen schon die Hände entgegen.

Der Morgen dämmerte bereits, als sie die alte Heimat erreichten. Erleichtert nahm Philip den Jungen aus der Zukunft bei der Hand und zog ihn mit sich.

»Komm, ich will dir meine Welt zeigen!«

Sie rannten los, hinaus auf die Wiesen zwischen der Stadt und den Wäldern. Die ersten Sonnenstrahlen erreichten soeben den Horizont.

Karom vergaß sein schmerzendes Bein, er war ergriffen von all der Schönheit um ihn herum. Zum ersten Mal im Leben fühlte er Gras unter seinen Füßen, sah Hasen zwischen bunten Blumen springen und hörte das Rauschen von Wind in den Bäumen des Waldes. Tief atmete er die frische Luft ein.

Später brachte Philip seinen Gast aus der fernen Zukunft ins kleine Häuschen seiner Eltern, wo er unter der Pflege von Philips Mutter schnell zu Kräften kam und die Sprache der hier lebenden Menschen lernte. Karom und Philip wurden enge Freunde. Sie schworen sich, alle ihre Fähigkeiten dafür einzusetzen, dass die Menschheit nicht einen so vernichtenden Weg in die Zukunft ginge, wie sie es gesehen hatten. Sie würden mit ihrem Erfindungsgeist stets nur dem Wohl der Menschen dienen und die wunderbare Natur ihrer schönen Welt erhalten.

»Möget ihr immer die Kraft haben, euer Ziel zu erreichen«, wünschte Immanuel den beiden Jungen, als sie ihm ihr Gelöbnis verrieten.

Der Seefahrer

An einem heißen Sonntag im August ließ Immanuels
Vater die Kutsche anspannen.

»Heute wollen wir nicht nur die Arbeit ruhen lassen,
sondern uns einen besonders schönen Tag machen.
Wir fahren ans Meer«, sagte der Tischlermeister.
Osswald, ein Freund von Immanuel, dem Geschichtenerzähler, durfte mitkommen auf den Ausflug.

Eifrig halfen die Schwestern der Mutter beim
Packen der Körbe, füllten sie mit Brot, Schinken, Obst
und Käse. Als sie das graublaue Meer erreicht hatten,

stürmten die Kinder schon hinunter zum Strand, der Tischlermeister und seine Frau lächelten nur und luden allein die Körbe ab. Der Geselle band das Pferd im Schatten eines Baumes an, lehnte sich an die Abbruchkante zwischen Strandgras und Sand, schob sich seine Mütze übers Gesicht und sachtes Schnarchen zeigte an, dass er schnell eingeschlafen war.

»Schau nur, wie fröhlich die Kinder sind!«

Die Mutter zeigte hinunter zum Meer. Dort liefen die Mädchen barfuß im flachen Wasser der auslaufenden Wellen und sammelten Muscheln, während Immanuel und Osswald schon den Strand entlang wanderten und nach Treibgut ausschauten. Der Vater nahm seine Frau in den Arm, es war ein seltener Moment, denn heute waren sie alle gemeinsam glücklich.

Osswald hatte etwas Großes weit hinten in östlicher Richtung entdeckt, er zeigte darauf und die Freunde rannten los. Aber groß war ihr Schreck, als sie beim Näherkommen feststellten, dass dort ein menschlicher Körper lag! Immanuel beugte sich über die reglose Gestalt, legte eine Hand vorsichtig auf den nackten Brustkorb und rief: »Er lebt noch!«

Sie drehten den Mann auf die Seite, er begann zu husten und zu keuchen, als der Anfall vorüber war, halfen die beiden Jungen ihm, sich aufzusetzen. Erst jetzt betrachteten sie den gestrandeten Mann genauer und waren entsetzt. Seine nackten Füße waren mit einem Strick so gefesselt, dass er nur ganz kleine Schritte machen konnte, auf dem bloßen Rücken waren Spuren von Peitschenhieben zu erkennen, seine Handflächen waren grausam übersät mit entzündeten Blasen und Schwielen. Da, wo die Stricke um die Fußgelenke gebunden waren, war die Haut blutig aufgescheuert. Um den abgemagerten Leib des Mannes waren nur graubraune Lappen gebunden.

Immanuel und Osswald schauten sich entsetzt an; mit dem Messer, das Immanuel immer bei sich trug, schnitten sie die Fesseln auf.

»Wir müssen ihm helfen, seine Wunden müssen verbunden werden …«

Mühsam versuchte der gestrandete Mann zu sprechen, es klang wie ein heiseres Krächzen, deshalb verstanden die Jungen erst nicht, was er sagte. Dann merkten sie, dass seine Sprache ganz ähnlich war wie ihre eigene. Der geschundene Mann hieß Henrick und er wollte wissen, wo er sich befand.

»Wir haben dich hier am Strand gefunden. Komm, wir bringen dich zu meinen Eltern, du musst essen und trinken.«

Immanuel und Osswald halfen dem schwachen Mann aufzustehen, sie stützen ihn und führten ihn den Strand entlang. Der Tischlermeister und sein Geselle liefen ihnen schon entgegen, sie hoben den Geschwächten auf und trugen ihn zur Mutter, die ihn sofort in eine Decke hüllte und ihm einen Becher mit Apfelsaft an die Lippen hielt. Die erschrockenen Töchter forderte sie auf, schon mal das Essen auszupacken, denn jetzt sei es Zeit für eine Mahlzeit. Zum ersten Mal lächelte Henrick schwach, dankbar nahm er von den Köstlichkeiten, die auf einem umgedrehten Korb aufgetischt wurden.

Nach dem Essen tobten die Kinder wieder über den Strand, nur Immanuel blieb bei den Eltern und dem ausgemergelten Fremden. Nachdem Henrick genügend getrunken hatte, war seine Stimme klarer geworden, auch seine fremdländische Betonung störte nicht mehr, als er von seinem Schicksal berichtete.

Henrick stammte aus einem Land im Nordosten, seine Heimatstadt nahe der Meeresküste war vor mehr als fünf Jahren von wilden Nordmännern überfallen worden. Sie hatten die Stadt geplündert und verwüstet, hatten die Frauen geschändet und die jungen Männer gefangen genommen, um sie als Sklaven zu verkaufen. Henrick wurde in ein Land weit im Süden verkauft, dort musste er mit vielen anderen Sklaven Steine aus einer Felswand schlagen. Die fertig behauenen Steine wurden zum Bau eines prächtigen Schlosses für den Herrscher jenes Landes gebraucht.

Nach vier Jahren war das Schloss fertig und die Sklaven wurden weiterverkauft. Dieses Mal musste Henrick auf einer Galeere an den Rudern schuften. Jeder Sklave war an seinen Platz bei den Ruderriemen angekettet. Niemals durfte Henrick seinen Platz auf der Bank im dunklen Ruderraum verlassen, niemals frische Luft atmen oder die Sonne sehen, nur dort im dunklen Ruderraum bekam er sein karges Essen und nur dort durfte er schlafen.

Der Kapitän des Schiffes gehörte zu einem kriegerischen Volk, das im südlichen Meer immer wieder die kleinen Königreiche auf den Inseln überfiel.

Weil die Kämpfer von den Kriegsschiffen großes Elend und viel Leid in allen Städten hinterließen, die sie ausgeraubt und zerstört hatten, wurden Wachtürme auf den Inseln errichtet. Wann immer eine Galeere des räuberischen Volkes gesichtet wurde, flohen die Bewohner ins Hinterland, doch selbst das half ihnen nicht. Die Eroberer folgten ihnen, töteten alle, die sich widersetzten, durchsuchten die Einheimischen nach wertvollem Gut, das sie sofort stahlen, und nahmen junge Männer gefangen, um sie zu Sklaven zu machen.

»Wenn der Wind schwach war und die Segel der Kriegsgaleere nicht ausreichten, um das Schiff schnell genug voranzutreiben, oder wenn eine Schlacht wendige Manöver erforderte, dann wurden wir Sklaven an den Rudern vom Trommler und den Aufsehern zur äußersten Leistung gepeitscht. Viele von uns starben in ihrem eigenen Dreck, denn wir durften die Ruderbänke nicht verlassen, wir waren doch angekettet«, erzählte Henrick, »die leer gewordenen Plätze wurden mit neuen Sklaven aus den eroberten Städten aufgefüllt. Unsere Toten wurden einfach ins Meer geworfen.«

Drei einzelne Tränen quollen Henrick jetzt aus den Augen, Immanuel musste schlucken, der Vater räusperte sich und die Mutter legte ihren Arm tröstend um die Schultern des geschundenen Mannes.

»Hier, das wird dir guttun«, sagte der Tischlermeister und goss Wein aus dem Krug in einen Becher, »erzähle aber noch, wie du hier an unsere Küste geraten bist.«

»Eines Tages bekamen wir einen neuen Kapitän, der wollte auf einen Beutezug in die nördlichen Länder segeln, weil er hoffte, dort noch größere Schätze zu finden. Er ließ uns die Eisenketten abnehmen und fesselte uns nur mit Stricken, damit nicht zu viele von uns sterben würden. Auf der langen Reise konnten die Gestorbenen doch nicht durch frische Sklaven ersetzt werden. Wir würden eine lange Strecke nur auf dem Meer sein und darum nicht flüchten könnten.

Viele Tage lang ruderten wir, aber oft erfasste der Wind die Segel und machte unsere Arbeit leichter. Wir kamen schnell voran. Dann erhob sich ein Sturm und die Takelage der Segel wurde zerrissen. Einigen von uns wurde befohlen, an Deck hinauf zu kommen und zu helfen, die zerrissenen Segel einzuholen. Obwohl der Himmel voll dunkler Wolken war und Wellen über das Deck schäumten, waren wir eine Weile geblendet von dem ungewohnten Licht, denn unten im Ruderraum, wo wir seit Monaten lebten, ist es immer völlig finster.«

Ein Schauer fuhr durch Henricks Körper, er schloss die Augen, doch öffnete er sie schnell wieder. Immanuel konnte das Leid darin ablesen, das dieser Mensch bereits hatte ertragen müssen. Ermutigend griff er nach Henricks Hand.

»Jetzt bist du aber bei uns in Sicherheit«, sagte er leise.

Henrick atmete tief durch und fuhr fort.

»Mein Kamerad Hans, der damals gemeinsam mit mir aus der Heimat verschleppt wurde und innen am Rudergang die schwerste Arbeit verrichten musste, war ebenfalls in der Gruppe, die oben helfen sollte. Er war schon sehr schwach, konnte kaum noch aufrecht stehen, aber ein Soldat befahl ihm, in die Seile des Segels am Bug zu klettern. Wir konnten uns doch kaum bewegen mit den Stricken um die Fußgelenke! Ich folgte ihm in die Takellage, um ihn zu stützen – doch ich konnte ihm nicht helfen. Der Sturm toste, das Schiff wurde in den Wellen hin und her geworfen, Tampen und Seile waren nass und hart … Wasser riss alles mit sich fort … Hans ist abgestürzt. Seine letzten Worte waren: Ein Leuchtturm dort draußen. – Seinen Körper habe ich nicht mehr wiedergesehen.«

Der Schmerz schien Henrick jetzt zu überwältigen, er senkte den Kopf und schlug die Hände vor das Gesicht. Lautloses Schluchzen schüttelte den verzweifelten Mann. Osswald, der vom Strand herauf gekommen war, schaute ganz betroffen, auch den anderen war großes Mitleid ins Gesicht geschrieben.

Als Henrick seine Beherrschung zurückgewonnen hatte, berichtete er mit monotoner Stimme, dass der Tod seines Kameraden ihn so verzweifelt zurückgelassen hatte, dass auch er lieber sterben wollte, als die Qualen als Galeerensklave noch länger zu ertragen. Also überließ er sich der nächsten Woge, die über das Schiff hereinbrach. Als Junge hatte er in seiner Heimat sicher und lange schwimmen können, aber ob er es mit gefesselten Füßen an Land schaffen würde, sollte nun das Schicksal entscheiden.

Doch seine Lebenskraft war groß, sie ließ ihn mit den Wellen kämpfen, immer wieder schaffte er es an die Oberfläche, um Luft zu holen, und als ob der Himmel es gut mit ihm meinte, trieb das wilde Meer ihm einen Balken entgegen. Schon halb bewusstlos klammerte sich Henrick an das Holz, und so gelang es ihm, die Nacht im Meer zu überstehen. Er bemerkte kaum noch, dass die Wellen ihn in Richtung Land trieben, dann wurde alles schwarz um ihn herum.

Erst als Osswald und Immanuel ihn am Strand fanden und aufrichten wollten, wurde ihm bewusst, dass er immer noch lebte.

»Und nun müsste ich euch dankbar sein für meine Rettung«, beendete Henrick seine Geschichte. Er wagte nicht zu sagen, dass der Tod doch nur sein Leiden beendet hätte, aber alle spürten, was er dachte und schwiegen traurig.

»Henrick, was müsste denn passieren, damit du wieder Freude am Leben hättest?«, brach Immanuel die Stille.

»Freiheit, Junge! Freiheit möchte ich. Die Welt sehen als freier Mann, ohne Hunger und Schmerzen.«

»Möchtest du nicht zurück in deine Heimatstadt?«

»Meine Heimat wurde zerstört, meine Eltern ermordet. Nein, dorthin möchte ich nicht mehr. Auf meinem eigenen Schiff mit freien Kameraden die Welt entdecken, das ist mein Traum. – Er lässt sich aber nicht erfüllen.«

Resigniert zuckte Henrick mit den Schultern.

Inzwischen waren auch die Mädchen vom Spiel in der Brandung zurückgekommen und zeigten den Erwachsenen viele bunte Muscheln, die sie an der Wasserkante gefunden hatten. Erleichtert beobachtete Immanuel, dass Henrick trotz all seiner Sorgen imstande war, den Kindern freundlich zuzulächeln.

»Komm mit«, forderte er den unglücklichen Mann auf, »lass uns den Strand entlangwandern und überlegen, wie wir deinen Wunsch erfüllen können.«

Hendrick folgte dem Geschichtenerzähler zwar, doch großer Zweifel zeichnete ihm Falten auf die Stirn.

»Weißt du, ich bin zwar kein Zauberer, aber wer meinen Geschichten lauscht, der kann neue Welten betreten. Auf dieses Weise habe ich schon Vielen geholfen, ein besseres Leben zu finden. Höre einfach jetzt deine Geschichte an, Henrick!«

E in großer Teil seines riesigen Reiches war von Fremden aus fernen Ländern erobert worden, aber damit wollte sich der König nicht abfinden. Immer wieder versuchte er, sich gegen die Fremdherrschaft im Süden des Reiches zu wehren, doch die Eroberer waren stärker und klüger als seine Soldaten. Die Fremden beherrschten den Handel, wurden reich und entwickelten neue Wissenschaften. Das Land blühte sogar unter ihrer Regierung auf.

In der Hauptstadt hockte unterdessen der König in seinem düsteren Schloss mit den zahllosen dunkel getäfelten Räumen und brütete immer noch über Racheplänen. Der König war nicht sehr klug, er fand keine Lösung des Problems, selbst seine klügsten Minister hatten jede Hoffnung aufgegeben. Als er bald darauf starb, erzählten die Leute sich, der König sei an seiner Wut gestorben.

Nach seinem Tod regierte seine hübsche, junge Königin weiter. Sie ließ die Türen und Fenster des düsteren Palastes öffnen, als wolle sie die alten Gedanken heraus lüften und lud die Untertanen ein, nach Ideen zu suchen, die das Königreich von den Besatzern im Süden befreien würden.

Eines Morgens im Sommer bat ein armselig wirkender Mann mit harter Aussprache um Einlass am schmiedeeisernen Tor des Schlossparks. Sein Name sei Henri, er könne der Königin helfen, behauptete er. Der Wächter lachte ihn aus.

»Was willst du erbärmlicher Mensch bei unserer

Königin? Du bist ja fast verhungert, also musst du sehr dumm sein!«, spottete er.

»Aber ich habe die Lösung, wie das Land wieder befreit werden kann«, beharrte Henri, »deine Königin wird dich schwer bestrafen, wenn du mich nicht zu ihr lässt!«

Während der Wächter noch überlegte, trat eine Frau in einem perlengeschmückten blauen Kleid leise hinter einem Rosenbogen hervor, ihre schwarzen Haare waren fast gänzlich unter einer prächtigen Spitzenhaube versteckt, die gebauschten Röcke raschelten wie feine Seide.

»Verrate mir deine Idee, Fremder, ich bin die Königin«, sprach sie lächelnd. Erschrocken verbeugte der Wächter sich bis tief zum Boden, auch Henri verneigte sich. Niemals zuvor hatte er eine solch elegante Dame gesehen, sie beeindruckte ihn so sehr, dass er vor Scheu kaum Worte fand, um der Königin zu berichten, was er herausgefunden hatte. Er nahm seinen ganzen Mut zusammen.

»Ich weiß, dass die ganze Flotte der Besatzer zu neuen Eroberungen ausgelaufen ist, fast alle Soldaten haben Euer Land verlassen«, begann Henri.

Die Königin starrte ihn nun mit großer Neugier an.

»Komm mit ins Schloss, wir wollen ausführlich sprechen«, sagte sie.

Drinnen führte sie ihn an vielen Lakaien in rot-goldenen Uniformen und schwarzgekleideten Dienern vorbei, die sich verbeugten und die Türen für sie öffneten.

»Bringt meinem Gast neue Kleider und bereitet ihm das beste Zimmer vor!«, befahl sie zwei Kammer-dienern. Schließlich betraten sie einen Raum, dessen Wände bedeckt waren von imposanten, golden gerahmten Bildern mit den Portraits der Herrscherfamilie. Die Königin lud Henri ein, ihr zwischen meisterhaft geschnitzten Wandschirmen hindurch bis zu ihrem prächtigen Schreibtisch hinten im Raum zu folgen. Behälter aus Gold und Jade standen auf der Tischplatte, ein diamantenbesetzter

Federhalter lag bereit, die kleinen Schubfächer waren verziert mit wunderschönen Intarsien aus Ebenholz und Elfenbein.

Fast wähnte Henri sich in einem Traum, denn die Kostbarkeiten, die den Reichtum der Königsfamilie verrieten, erschienen ihm überwältigend und unwirklich. Die Königin griff zu einem Fächer aus weißem Seidenstoff mit bunten Blütenstickereien; die großen Rubine am Griff leuchteten auf, als sie damit leicht wedelte.

»Wach auf, junger Mann, erzähle mir alles, was du weißt!«

Sie deutete auf einen gepolsterten Stuhl mit geschnitzten Lehnen und Henri setzte sich.

«Ich war ein Galeerensklave der Fremden«, begann Henri zu erzählen, »einmal mussten wir an einer Insel zum Kampf hinaus in die belagerte Stadt, weil die Einwohner sich heftig wehrten. Wir hatten nur Messer als Waffen bekommen und mussten

Schlimmes tun. Wer die grausame Schlacht überlebte, bekam die Freiheit geschenkt.

Ich wurde bei den Kämpfen schwer verwundet, bin fast verblutet, als mich die Lanze eines Bauern im Leib traf. Aber ich habe überlebt, obwohl man mich schon auf den Berg der Toten geworfen hatte. Ein Offizier erkannte, dass ich noch schwach atmete und erbarmte sich. Er ließ mich zurücktragen aufs Schiff, dort erholte ich mich und durfte mich frei bewegen. Mit der Beute segelten wir zurück zum Hafen, der an der Meerenge eures Südreiches liegt. Ihr wisst ja, dass dort die Fremden herrschen.«

Eine Tür, die unsichtbar in die Täfelung des Raumes hinter der Königin eingelassen war, öffnete sich leise, ein Mönch trat ein. Die Königin winkte ihn heran.
»Dies ist mein treuester Berater, er soll hören und beurteilen, was du mir raten willst, um unser Land zu befreien. Falls dein Plan zum Erfolg führt, werde ich dich großzügig belohnen.«

Nun berichtete Henri, was er belauscht hatte, nachdem sie den Hafen erreicht hatten und der Statthalter des fremden Eroberers den Kapitän auf dem Schiff besuchte.

Die Mannschaft war schon ausgeschwärmt in die große Stadt, um ihre wenigen freien Stunden zu genießen. Henri hockte noch zwischen den beiden Kanonen an Steuerbord und überlegte, ob er jetzt das Schiff verlassen oder lieber dem Kapitän seine Arbeitskraft anbieten solle, denn auf dem Schiff bekam er Nahrung und Unterschlupf, was ihn aber draußen an Land erwarten würde, war ungewiss.

Das Fenster der Kapitänskajüte stand offen, so kam es, dass Henri unfreiwillig das Gespräch zwischen dem Kapitän und dem Statthalter belauschte. Der Gouverneur berichtete von den Plänen seines Herrschers in der Ferne. Der wollte ein weiteres Land erobern, aber jenes Land war groß und hatte eine riesige Armee, die gut ausgerüstet war. Darum hatte der Herrscher befohlen, dass auch alle Soldaten und

Schiffe aus den besetzten Gebieten in sechs Tagen in Marsch gesetzt würden, um am neuen Feldzug teilzunehmen.

»Niemand darf über unsere Pläne sprechen, sonst ist die Gefahr groß, dass die Königin im Norden erfahren könnte, dass ihre besetzten Provinzen schutzlos sind!«, hatte der Statthalter dem Kapitän noch eingeschärft.

Henri wusste nun, was er zu tun hatte und schlich sich von Bord. Die rechtmäßige Königin musste informiert werden, dass jetzt der Zeitpunkt war, die Südprovinzen zurückzuerobern.

Henri räusperte sich am Ende seines Berichtes, er hoffte inbrünstig, dass sein Vorschlag das Wohlwollen der Königin finden würde. Der Mönch flüsterte seiner Regentin etwas ins Ohr, verschwand wieder durch die Tür und draußen setzte eine rege Betriebsamkeit ein. Die Königin stand vom Schreibtisch auf, sie lief unruhig hin und her.

»Es ist gut, dass du mich unterrichtet hast. Ein Zimmer

ist für dich vorbereitet, falls ich dich noch brauche, lasse ich dich rufen. Du bist so lange mein Gast, bis wir wissen, ob dein Plan geglückt ist.«

Ein Diener hatte für Henri ein Bad bereitet und ihm saubere Kleidung bereitgelegt. Nach dem Bad öffnete Henri das Fenster, er hörte, wie in den Höfen des Schlosses Kommandos gerufen wurden und Pferdehufe über die Pflastersteine trappelten. Die Armee der Königin befand sich schon im Aufbruch, als Henri noch über seine ungewohnte Beinbekleidung aus engen Strümpfen und kurzen, gebauschten Hosen staunte. Zu den sonderbaren Hosen trug er ein Hemd mit Spitzen, über das ihm der Diener noch eine enge, wattierte Weste zog und zuknöpfte. Danach legte er ihm einen großen gefältelten Kragen um den Hals. Zwar war dies alles sehr fremd für Henri, doch in dieser herrschaftlichen Kleidung fühlte er sich sofort viel stolzer.

Es dauerte nur drei Wochen, bis die frohe Botschaft aus den südlichen Provinzen an den

Königshof kam, dass die eigenen Truppen alle fremden Fürsten und auch die Statthalter und hohen Beamten des feindlichen Herrschers aus dem Land gejagt hatten. Die Schiffe und das Heer der zurückkehrenden Fremden waren abgewehrt worden, die rechtmäßige Königin hatte ihre Herrschaft in den südlichen Landesteilen erfolgreich zurück erobert. Schon am nächsten Tag ließ die Königin Henri in ihr Arbeitszimmer rufen.

»Ich verdanke dir unseren Sieg, jetzt ist es Zeit, dich zu belohnen«, sagte sie, »welche Wünsche soll ich dir erfüllen?«

Sie schenkte Henri ein gut ausgerüstetes Dreimaster-Schiff, der Mönch hatte dazu einen Schiffsoffizier vermittelt.

»Viel Glück und immer gute Fahrt!«, wünschte die freundliche Königin Henri beim Abschied und überreichte ihm noch einen großen Beutel mit Goldmünzen.

Zusammen mit dem Schiffsoffizier stellte Henri eine Mannschaft zusammen, jeder der Männer sollte freiwillig und gerne mit auf die großen Reisen kommen. Es war ein sonniger Tag und ein guter Wind blähte die Segel, als Henri glücklich und stolz zu seiner Weltreise mit dem eigenen Schiff aufbrach.

Je weiter Immanuel die Geschichte erzählt hatte, desto mehr waren Henricks Augen aufgeleuchtet, zuletzt hatte sein Gesicht lebendig und glücklich gestrahlt. Immanuel, der Geschichtenerzähler, spürte genau, wie Henrick von der glücklichen Wendung der Geschichte fortgetragen wurde, wie er nicht nur äußerlich, sondern auch in der Seele stark und stolz wurde und sein neues Schicksal freudig annahm.

Schließlich löste sich Henricks Gestalt vom Strand und wanderte wie auf einem Sonnenstrahl hinaus zum Horizont über dem Meer. Immanuel schaute ihm lange hinterher und lächelte zufrieden.

Der unglückliche Soldat

Eines Tages kam ein Soldat in Immanuels Stadt, er hinkte stark und hatte nur noch einen Arm. Der andere war ihm bei einer grausamen Schlacht mit einem Schwerthieb abgetrennt worden. Obwohl dieser Soldat noch jung war, hatte er traurige Augen und sein Blick wirkte trüb wie der eines uralten Mannes. Sein Name war Lutz.

Der Bürgermeister hatte dem armen Soldaten eine Kammer im Haus der alten Schneiderwitwe verschafft und ihm eine Arbeit gegeben. Als Lutz wieder besser laufen konnte, trug er Briefe aus oder überbrachte die Botschaften des Bürgermeisters für jene Menschen, die nicht lesen und schreiben konnten. Immanuel, der Geschichtenerzähler, wollte gern die Erlebnisse des verwundeten Soldaten erfahren, doch Lutz schaute ihn nur traurig an und schüttelte den Kopf, als Immanuel ihn danach fragte.

»Junge, du solltest froh sein, diese schrecklichen Erinnerungen nicht tragen zu müssen. Sie haben mein Leben zerstört.«

Immanuel schwieg daraufhin, aber er begleitete den Boten noch eine Weile bei seinen Erledigungen in der Stadt. Schließlich sagte er: »Lutz, ich merke, dass du immer so traurig bist. Warum suchst du dir keine junge Frau? Vielleicht würde eine Familie dich wieder glücklich machen.«

»Ich hatte ein liebes Mädchen, bevor ich in den Krieg ziehen musste. Wir waren einander versprochen und wollten bald heiraten. Doch dann musste ich fort …«

Lutz seufzte tief und Tränen glitzerten in seinen Augen, schnell fuhr er mit dem Handrücken darüber.

»Warum kehrst du nicht zu deiner Verlobten zurück?«, wollte Immanuel wissen.

»Ach Junge! Es sind zu viele Jahre vergangen, ich bin ein Krüppel geworden und ein so ein schönes Mädchen wie meine Ella wurde doch von allen begehrt! Bestimmt hat sie längst einen anderen Mann geheiratet und fröhliche Kinder zusammen mit ihm.«

Verzweifelt senkte Lutz den Kopf und verbarg das Gesicht in den Händen. Doch Immanuel bestand darauf, dass Lutz zurückkehren und Ella suchen sollte. Darum erzählte er ihm die Geschichte von Georg und dem schönen Mädchen, das zur Nixe verzaubert wurde.

Vor mehr als hundert Jahren lebte Georg in einer Stadt am breiten Fluss. Eine lange Brücke überspannte den Strom. Georg war ein stiller Junge, zwar spielte er mit den anderen Kindern, wenn sie ihn aufforderten, aber am liebsten überquerte er die Brücke und saß am Ufer des ruhig strömenden Flusses. Dort wartete er, bis das geheimnisvolle Mädchen am Abend herangehuscht kam und sich zu ihm setzte. Georg wusste nicht, wo sie wohnte, und Leonore wollte es ihm auch nicht verraten.

Sie war eine Schönheit. Schwarzes Haar umschmeichelte in langen Locken ihr anmutiges Gesicht mit den leuchtend grünen Augen und dem hübschesten kleinen Näschen, das Georg je gesehen hatte. Den Kopf trug sie hoch erhoben auf einem schlanken Hals über schmalen Schultern. Im Sommer trug sie Kleider aus fließenden silbernen Stoffen, im Winter zog sie Fellstiefel an und hüllte sich in warme Pelze von Silberfüchsen.

Oft saßen sie stundenlang zusammen, versteckt vor neugierigen Blicken unter den tief hängenden Zweigen einer Weide. Manchmal schauten sie schweigend auf den Strom, hörten die Abendlieder der Vögel und warteten auf muntere Fische, die immer wieder einmal aus dem Wasser sprangen. Im Herbst freuten sie sich über das bunte Laub der Bäume und im Winter lauschten sie, wie die kleinen Eisschollen am Ufer knirschten und knackten, weil das Wasser des Stromes sie wegspülen wollte.

Die beiden jungen Menschen erzählten sich immer, was sie am Tage erlebt hatten. Doch nie verriet Leonore, wer ihre Eltern waren und niemals erzählte sie, wo sie wohnte. Wenn Georg sie in sein Elternhaus einladen oder ein wenig mit ihr in der Stadt herumspazieren wollte, schüttelte sie nur den Kopf und lächelte ihn wehmütig an.

»Ich kann und darf das nicht, die Mutter hat's verboten.«

Damit musste Georg sich zufriedengeben, auch wenn er sich mit seiner hübschen Elfe, wie er sie insgeheim nannte, gern den anderen Jungen gezeigt und ihren Neid geweckt hätte. So vergingen drei Jahre und Georg hielt sich treu an das Versprechen, welches er Leonore gegeben hatte: Er folgte ihr nie, wenn sie sich von ihm verabschiedete, sobald sich der Tag zur Nacht wandelte.

Als Georg sechzehn Jahre alt geworden war, brach ein furchtbarer Krieg übers Land herein. Der Fürst, der in großer Pracht in seiner Burg über der Stadt wohnte, hatte Angst, dass seine Untertanen sich den Ideen des neuen Königs im Nachbarreich anschließen könnten. Dann würden die Untertanen des Fürsten keine Steuern mehr an ihn bezahlen und nicht länger die harten Frondienste auf seinen Feldern leisten.

Weil er aber seinen Reichtum nur vermehren konnte, wenn die armen Menschen weiterhin für ihn arbeiteten, verbündete er sich mit zwei anderen

Fürsten, die ebenfalls um ihre Herrschaft fürchteten. Die Generäle und Marschälle aller drei Herrscher stellten ein großes gemeinsames Heer auf, um gegen den fortschrittlichen König des Nachbarreiches zu kämpfen.

Der Krieg forderte schon bald viele Tote und Verstümmelte, großes Leid breitete sich in der Bevölkerung aus. In jeder Familie herrschte Trauer, denn schon in jedem Haus hatten Väter oder Söhne ihr Leben lassen müssen für den Fürsten. Weil auch alle Bauern in den Krieg ziehen mussten, konnten die wenigen Felder, die noch nicht bei den Kämpfen verwüstet waren, nicht mehr richtig bestellt und abgeerntet werden. Eine Hungersnot brach aus.

Doch die Fürsten wollten nicht aufgeben, gnadenlos wurden selbst die älteren Knaben in die Armee gepresst und obwohl doch sein Vater schon in einer blutigen Schlacht gestorben war, wurde nun auch Georg von den Bütteln des Fürsten in den Kriegsdienst gezwungen.

Am letzten Abend, bevor er sich mit einem kleinen Beutel Habseligkeiten im Burghof einfinden musste, um dort eilig das Kriegshandwerk zu erlernen, wartete Georg besonders sehnsüchtig auf seine Elfe. Endlich erschien sie wie aus dem Nichts und dieses Mal nahm er all seinen Mut zusammen. Erst griff er nach ihrer Hand, dann er legte die Arme um sie und küsste sie auf den Mund. Leonore drückte sich eng an ihn.

»Georg, mein Georg – sei immer achtsam, du musst zurückkommen zu mir! Genau an dieser Stelle werde ich immer auf dich warten. Versprich es mir!«, schluchzte sie, »denn ich liebe dich sehr.«

Georg wurde heiß, ein seltsamer Schmerz durchzuckte sein Herz, zwar war er selig, dass Leonore ihm ihre Liebe gestanden hatte, doch gleichzeitig machte es ihn tief unglücklich, seine geliebte Elfe verlassen zu müssen.

»Ich will dich nicht lassen, Leonore, und doch muss ich es. Aber meine Liebe für dich wird mich gewiss zurückbringen zu dir«, flüsterte er nah an ihrem Ohr, »eines Tages werden wir zusammen glücklich sein.«

Am nächsten Morgen fand sich Georg in der Burg des Fürsten ein. Schon ein paar Tage später marschierte er mit einer großen Truppe Soldaten zum Hafen hinunter und bestieg ein Schiff, das ihn fortbrachte. Seine Mutter stand am Ufer und weinte. Leonora erschien jeden Abend am Flussufer und wartete auf ein Boot, das ihr den Geliebten zurückbringen würde.

Der Sommer war vergangen, ein bitterer Winter hatte den Menschen Hunger und Kälte gebracht, doch schließlich war es wieder Frühling geworden. Eines Abends saß Leonore lange unter der Weide und starrte traurig auf das ruhig strömende Wasser. Dann erschrak sie sehr. Mitten im Fluss erschien auf einmal ein Bild über dem Wasser, sie sah eine Schlacht, die bei einer fremden Burg in einem fremden Land tobte.

Leonore erkannte ihren Georg zwischen den Soldaten, die diese Burg verteidigten. Feindliche Artillerie beschoss das große Tor aus einer riesigen Wurfmaschine, Steinkugeln und Brandsätze flogen über die Mauern, ein Feuer brach aus in den Ställen der Burg.

Georg und drei andere Soldaten standen neben einer Zinne und betätigten ein kleines Katapult, doch ihre Kugeln flogen nicht weit genug, sie erreichten die Feinde nicht. Plötzlich aber traf eine feindliche Steinkugel das Katapult, an dem Georg stand und er stürzte rücklings die Mauer hinunter. Voller Entsetzen schrie Leonore auf und sofort verschwand das Bild über dem Wasser.

Leonore weinte verzweifelt, Angst und Schmerz erfüllten sie. Dennoch kam sie täglich ans Ufer des Stromes mit der kleinen Hoffnung im Herzen, dass Georg nicht gestorben, sondern nur verwundet worden war. Vielleicht würde er doch noch heimkommen.

Als aber drei Jahre vergangen waren, ohne dass Georg zurückkehrte, verlor Leonora an einem nebligen Abend jede Hoffnung, Trauer und Verzweiflung überschwemmten ihr Herz. In dieser Nacht kehrte sie nicht zur Mutter zurück, sondern ließ sich in den Fluss gleiten, weil sie ohne Georg nicht länger leben wollte.

Ein Wassergeist hatte Erbarmen und wollte das schöne Mädchen nicht sterben lassen. Er verwandelte Leonore in eine unsterbliche Nixe. So kam es, dass seit über hundert Jahren kurz vor Einbruch der Nacht eine Nixe auftaucht im Schatten der Brückenpfeiler und sehnsüchtig auf die Mauern der Stadt schaut. Doch sie sieht die Rosen nicht, die hinter der Mauer noch immer für sie blühen. Georg hatte sie nach seiner Heimkehr in tiefer Trauer und Enttäuschung gepflanzt, damit sie auf ewig blühen würden zur Erinnerung an seine geliebte Elfe, die er nie vergessen konnte.

Lutz war immer unruhiger geworden, je länger die Geschichte dauerte, und als Immanuel sie beendet hatte, stieß er aus: »Ella darf nicht so unglücklich sein – ich werde in meine alte Heimat reisen und nach ihr sehen!«

Zwei Monate lang war Lutz verschwunden, dann kehrte er mit einer wunderschönen Frau zurück in die Stadt. Froh nahm er seine Arbeit beim Bürgermeister wieder auf und schon bald machte er Immanuel mit seiner Ella bekannt. Sie strahlte vor Glück und dankte dem Geschichtenerzähler von Herzen.

Jorans Zauberwelt

Vor sieben Jahren, als Immanuel, der Geschichtenerzähler, noch ein kleiner Junge war, hatte es ein
sonderbares Ereignis in seiner Heimatstadt gegeben.
Als eines Tages im Sommer die alte Kräuterfrau Maida
aus dem Wald zurückkehrte, klammerte sich ein
kleiner Jungen von sechs oder sieben Jahren an ihre
Hand. Dieser Junge war schweigsam und ängstlich,
niemand wusste, woher er kam und das Kind konnte
nichts erzählen, es war, als ob sein Gedächtnis
ausgelöscht wäre.

Die anderen Kinder in der Stadt fanden den fremden Jungen unheimlich und mieden ihn, weil manchmal grüne Blitze in seinen Augen aufleuchteten. Doch Immanuel spürte, dass ein Geheimnis den traurigen Jungen umgab. Er hatte keine Angst vor Joran mit den grün blitzenden Augen, sondern fühlte Mitleid mit ihm.

Manches Mal besuchte er ihn bei den Färbersleuten, die den Jungen aufgenommen hatten, weil sie keine eigenen Kinder bekommen konnten. Die Pflegemutter Marta war immer freundlich zu dem Knaben, sie wollte, dass er viel lernte und schickte ihn sogar zum Unterricht. In der kleinen Schule, die beide gemeinsam besuchten, saß Immanuel neben Joran auf der Bank, er schützte ihn, wann immer es nötig war, und wurde sein einziger Freund.

Nun würden die Jungen bald ihre Schulzeit beenden. Jorans Pflegeeltern erwarteten, dass der

Stiefsohn ebenfalls Färber würde, um später einmal das Handwerk des Pflegevaters fortzuführen. Doch Joran wurde immer bedrückter. In ihm stieg großer Kummer hoch bei der Vorstellung, ein Färber sein zu müssen und eine ziehende Sehnsucht wuchs in ihm. Wonach er sich so sehr sehnte, konnte er aber nicht beschreiben.

Wenn irgendjemand diese Gefühle gut verstehen konnte, dann war es sein Freund Immanuel. Denn auch er sollte das Tischlerhandwerk seines Vaters übernehmen, obwohl er sich sehnlichst wünschte, als Geschichtenerzähler durch die Welt zu reisen. Daher wunderte es ihn gar nicht, als Joran eines Abends klagte: »Ach, Immanuel, ich weiß genau, dass ich als Färber nicht glücklich werden kann. Ein solches Leben ist nicht für mich bestimmt.« Er seufzte tief. »Wenn ich nur erfahren könnte, wie meine Vergangenheit war, vielleicht würde ich dann erkennen, was ich anders machen muss.«

Immanuel überlegte nicht lange, in seinem Kopf entstanden sogleich die richtigen Bilder. Er griff nach Jorans Hand.

»Ich werde versuchen, den Zauber, der deine Vergangenheit gefangen hält, zu brechen. Komm mit in meine Geschichte.«

Dann begann er, behutsam zu erzählen.

An einem Abend im Herbst war Joran auf dem Heimweg von den Färberteichen so tief in Gedanken versunken, dass er erschrak, als ein riesiger Hund zu ihm herangetrabt kam und vor ihm stehen blieb. Es war bereits dunkel, aber im Kohlebecken des Nussrösters an der Straßenecke strahlte noch Glut, ihr Schein fiel auf das Fell des großen Tieres. Joran sah, dass der Rücken ungewöhnlich rot gefärbt war, während die Beine einen hellen Kontrast dazu bildeten. Mit seiner schmalen, langen Schnauze schnüffelte das Tier jetzt an dem

Jungen und blickte ihn aus seinen schwarzen Augen unverwandt an.

Unter diesem Blick breitete sich eine unerklärliche Unruhe in Joran aus, ein eigenartiges Gefühl, so, als ob eine uralte Erinnerung sich meldete, die aber noch sehr verschwommen und für ihn nicht zu erkennen war. Er bemühte sich, den Hund zu verstehen, denn er spürte, dass es um etwas ganz Wichtiges ging. Der Hund begann, seine Hand zu lecken und sofort durchströmte eine Welle von Zuneigung und Wärme den Jungen.
»Willst du mein Freund sein? Wie du wohl heißt?«
Joran streichelte und kraulte das Tier bis ihm einfiel, dass er längst zu Hause erwartet wurde. »Ich muss zurück nach Hause«, flüsterte er in ein Ohr des Hundes und machte sich auf den Weg.

Der Hund wich nicht von seiner Seite, doch Joran wagte nicht, seinen neuen Freund mit ins Haus zu nehmen. Muhme Marta würde es nicht erlauben. Also ging er durch den Hof zur Hintertür, die in die Küche führte. An der wackeligen kleinen Stufe dort gebot er dem Hund, sich zu setzen und zu warten. Das Tier schien ihn zu verstehen und gehorchte sofort.

»Ich werde dich Aris nennen«, entschied Joran, öffnete die Küchentür und wollte hinein gehen.

»Das ist richtig.«

Joran erschrak, woher war diese Stimme gekommen? Hatte er sich die Antwort nur eingebildet? Grübelnd schaute er auf Aris, der ruhig am Boden saß und zu ihm hochblickte.

Über der Herdstelle in der Küche hing der Topf, es war anheimelnd warm, und eine Öllampe verbreitete einen gelben Schein in der Mitte des Raumes. Muhme Marta legte die Löffel auf den blank geriebenen Tisch, es duftete nach Fleisch und Kohl; der Stiefvater saß schon auf seinem Stuhl.

»Morgen werden wir früh beginnen, wir müssen den Flachs zum Wässern in die Kuhlen legen. Erst danach kannst du zum Unterricht gehen«, plante der Hausherr den nächsten Tag.

Joran nickte, aß schnell seine Portion der dicken Suppe, dann nahm er zwei Stücke Brot und füllte einen Napf. Er machte das Gefäß so voll, dass Marta verwundert schaute, doch sie sagte nichts.

»Ich gehe jetzt die alte Maida versorgen. Danach lege ich mich sofort schlafen, ich bin sehr müde heute. Wartet nicht auf mich.«

»Bleib aber nicht so lange, du musst früh aufstehen!«, rief der Stiefvater ihm nach.

Joran ging zur Hintertür hinaus, der Hund saß noch immer dort.

»Komm mit zur alten Muhme«, forderte der Junge ihn auf.

Wie selbstverständlich erhob sich das schöne Tier und trabte neben ihm über den Hof, wo die Alte in einer armseligen Kammer neben dem Hühnerstall hauste. Sie würde schon auf Joran warten, denn er versorgte sie immer mit Essen und Wasser und entleerte ihre Kübel. Diese Aufgaben erledigte Joran schon so lange, wie seine Erinnerung zurück reichte.

»Muhme Maida«, rief Joran, als er die knarrende Brettertür zu ihrer Kammer aufstieß, »ich habe dir einen neuen Freund mitgebracht!«

Überrascht sah er, dass der Hund sofort zur Muhme hinüberging und seinen Kopf in ihren Schoß legte. Die Alte saß vor der kleinen Luke, die am Tage einen Blick auf Martas winzigen Gemüsegarten erlaubte, jetzt aber wandte sie ihr Gesicht Joran zu. Sie hatte die gleichen tiefschwarzen, schmalen Augen wie er und genau wie bei ihm schien es in der Tiefe der Augen grünlich zu schimmern.

Maida hatte ein Öllicht angezündet und zusätzlich brannte eine teure Wachskerze. Auf dem kleinen Tischchen vor ihrer Bettstatt war heute ein feines weißes Tuch ausgebreitet, dadurch wirkte der armselige Raum ungewöhnlich feierlich.

»So hat Aris dich also gefunden«, stellte die Alte ohne Überraschung fest.

»Wirklich, ich habe ihm diesen Namen gegeben, woher weißt du das?«

Ein seltsames Lächeln huschte über Maidas Gesicht.

»So hieß er schon immer. Und du hast es gewusst, das ist gut so. Aber jetzt wollen wir erst essen.«

Sie zog eine getöpferte Schale unter ihrem Schlaflager hervor, goss einen großen Teil des Essens hinein und setzte diese Portion neben den Hund. Von dem Brot brach sie noch einige Stückchen ab und gab es zur Suppe.

»Nun friss, Aris, du hattest einen langen Weg.«

Erst jetzt nahm der große Hund seinen Kopf von ihrem Schoß. Joran schwieg, während die Frau und das Tier sich sättigten. Er schöpfte mit einem Krug Wasser aus dem Fass vorm Stall, füllte Aris' Schale sowie den Becher der Muhme und während er wartete, betrachtete er den Hund genau. Wie einzigartig schön er gezeichnet war! Das Fell war auf dem Rücken fuchsrot, an den Seiten, den hohen Läufen und zum Kopf hin verlief das Rot in ein helles Silbergrau, nur die Füße und das Gesicht waren tiefschwarz.

Nach dem Essen führte Maida bedächtig ihren Gesprächsfaden weiter.

»Joran, im nächsten Monat wirst du vierzehn Jahre alt und heute ist Aris zu dir gekommen. Nun ist es Zeit, dass du deine Vergangenheit siehst, damit du deine Zukunft richtig entscheiden kannst.«

Sie schaute eine Weile zum kleinen Fenster, obwohl die Luke jetzt nur noch ein schwarzes Loch war, und schien zu überlegen, wie sie fortfahren könnte. Sie blickte zuerst auf Aris und sprach dann zu dem Jungen, den sie liebgewonnen hatte.

»Joran, als wir vor sieben Jahren in diese Stadt kamen, musstest du dein früheres Leben vergessen. Es tat mir sehr leid für dich, doch ich musste den Schleier des Vergessens auf dich senken. Du hättest dein neues Leben ohne deine Eltern unter den fremden Menschen hier sonst nicht ausgehalten. Aber du hast es geschafft, du lebst unter ihnen und hast ihre Fertigkeiten gelernt.«

Sie atmete tief durch.

»Nun wird Aris den Schleier lüften, du sollst deine Heimat sehen. Sei stark, du wirst dich jetzt erinnern«, flüsterte sie.

Aufgeregt und angespannt hockte Joran vor Maidas Tisch. Aris erhob sich und kam zu ihm hinüber, sie schauten sich jetzt auf gleicher Höhe an. Der Hund hielt den Kopf schief und Joran konnte in seinen schwarzen Augen lesen. Er wusste, dass Aris nun mit ihm sprach, denn er hörte wieder die Stimme in seinem Kopf, genau wie zuvor an der Küchentür. In seiner Brust schmerzte es, als wolle sein Inneres nach außen sprengen, das Atmen tat ihm weh. Unklare Bilder und Gefühle drängten hoch, die ihn schier zerreißen wollten.

Dieses war das erste Bild, das Aris dem Jungen zeigte:

Vor einem grauen Himmel ragte ein Gebirge auf, dessen höchste Gipfel in den Wolken verborgen waren. Durch die Ebene vor den Bergen schlängelte sich ein Fluss, am Ufer einer Biegung lagen die niedrigen Häuser einer Stadt dicht gedrängt beisammen. Im Garten eines prächtigen, aus grauen Steinen gebauten Hauses oberhalb des Ortes stand Joran als kleiner Junge, noch keine sieben Jahre alt. Schreckerfüllt starrte er hinunter zur Stadt. Dort unten wütete ein Feuer, die ärmlichen Hütten und die aneinandergereihten Häuser aus Balken und Lehm brannten lichterloh, Menschen flohen wehklagend aus dem brennenden Inferno. Entsetzen packte den kleinen Jungen, Tränen schossen ihm in die Augen und voller Angst rief er nach seiner Mutter. Doch die Mutter war mit seinen Schwestern zum Markt hinunter gegangen in die Stadt, die soeben den Flammen zum Opfer fiel.

Joran wollte losrennen, die Mutter dort unten suchen, wo gelbrote Flammen immer wieder hoch über den Rauch hinausschlugen.

»Joran!«

Die Stimme kam vom Obstgarten hinter ihm. Als er sich umwandte, sah er die alte Frau. Sie fixierte ihn aus schmalen schwarzen Augen, aus denen kleine grüne Blitze zuckten. Er erschrak, doch gleichzeitig verspürte er ein angenehmes Gefühl von Vertrautheit. Zum ersten Mal begegnete Joran einem Menschen, der die gleichen Augen besaß wie er selber, denn auch aus der Tiefe seiner Pupillen fuhren grüne Blitze, wenn er aufgeregt war. Andere Kinder fanden diesen Blick unheimlich und fürchteten sich vor ihm.

Jetzt starrte Joran auf die Erscheinung der alten Frau und seine Augen weiteten sich aufgeregt, als er hinter ihr einen großen, schwarzgrünen Drachen zwischen den Bäumen entdeckte. In diesem Moment trat das Wesen sogar auf die Wiese hervor und begann zu sprechen.

»Rufe mich, Maida, wenn du mich wieder brauchst!«
Dann breitete der Drache seine Flügel aus, schlug damit zweimal kräftig, erhob sich vom Boden und flog in Richtung des Wolkengebirges davon.

Joran war überwältigt von dem, was er soeben deutlich gehört und gesehen hatte. Die Knie sackten ihm weg, er plumpste auf den Boden. Sein Blick aber folgte dem Drachen zum Gebirge. Die Wolken, die sonst immer den Gipfel umhüllten, waren wie fortgeblasen. Zum ersten Mal erblickte der Junge die Spitze des höchsten Berges mit seinen zackigen Felssäulen. Es hieß, dass sich dort oben der Tempel aller Drachenfürsten befände.

Jetzt senkte Aris die Lider und gähnte. Die Bilder von Jorans Heimat und Kindheit verschwanden. Maida hatte den Jungen genau beobachtet, nun holte sie ihn mit ihren Worten zurück.

»Ja, so war es, als ich dich fand.«

In Joran tobten heiße Gefühle. Einerseits war er selig, die Erinnerung an seine Mutter erlebt zu haben, es fühlte sich an, als ob sich eine Klammer vom Herzen lösen würde, aber er litt nun auch an quälender Sehnsucht nach seiner Familie und machte sich große Sorgen, was aus ihr geworden war bei dem verheerenden Brand. Er wollte mehr wissen, die Ungewissheit war ihm unerträglich.

»Wer war mein Vater, wie sah er aus, hat er meine Mutter und meine Schwestern gerettet?«

Die Alte seufzte.

»Du wirst später noch alles erfahren. Nur ein Bild soll Aris dir noch beschreiben, das reicht für heute. Es wird dir deine Zukunft zeigen.«

An dieser Stelle der Geschichte zuckte Immanuel zusammen, er riss die Augen auf und unterbrach seine Erzählung. Fast ungläubig schaute er um sich. Sein Freund Joran aber starrte ihn an, den Körper angespannt wie zu einem Kampf, er atmete keuchend und seine Hände zitterten. Schnell ballte er sie zu Fäusten.

»Immanuel, bitte, ich muss mehr wissen! Ich will alles erfahren. Was hast du gesehen? Erzähl es mir!«

Auch Immanuel war unruhig geworden, sein Herz klopfte heftig.

»Lass uns hinuntergehen zum Fluss …«

Als sie das Ufer erreicht hatten, setzten sie sich auf einen Stapel abgesägter Kastanienäste.

»Joran, du wirst viele Abenteuer durchstehen müssen und deine Aufgaben werden dich in magische Welten führen. Dies wird deine Zukunft sein, sobald du deine Vergangenheit annimmst. Ich kann dich aber nicht mehr zurückführen aus dieser Zeit der Märchen und Zauberer, ich werde dich an die phantastischen Welten verlieren. Willst du sie wirklich betreten? Bist du stark genug für eine Zukunft, die in der Vergangenheit liegt, mein Freund?«

Joran nickte heftig. »Ich will das, es ist mein Leben!«

»Dann höre, was Aris in Maidas Kammer über dein Leben verrät.«

Immanuel seufzte tief auf.

»Wir müssen jetzt Abschied nehmen. Ich wünsche dir von Herzen alles Gute auf deiner schweren Lebensreise – sei tapfer und erfolgreich bei allen deinen großen Aufgaben…«

Tränen schwammen jetzt in Immanuels Augen, er schluckte und umarmte seinen Freund schnell zum Abschied. Dann richtete er sein Gesicht gegen den Abendhimmel. Seine Stimme erzeugte neue Bilder.

Joran erwachte langsam aus einer tiefen Bewusstlosigkeit. Er lag geschützt an den Leib seines Drachen Salman geschmiegt. Er spürte keine Schmerzen mehr, das Fieber war vergangen und seine Lungen atmeten saubere Luft. Wohltuende Ruhe umgab ihn, nur der Morgengesang von Vögeln war zu hören. Joran öffnete die Augen und sah, dass er sich auf der Wiese einer Lichtung im Wald befand. Es musste noch sehr früh sein, am östlichen Himmel über den Kronen einer Buchengruppe begann eben erst die Sonne das Morgengrauen zu durchdringen.

Langsam stiegen in ihm die Erinnerungen an die vergangene Gewitternacht hoch, an die schwere Verletzung durch den Dolchstich der Freundin und an seine Flucht in die Kathedrale. Dort war er in einer Nische vor der Statue der Göttin Kaala zusammengesunken, hatte sie um Hilfe angefleht und ihr versprochen, nun seinen Auftrag zu erfüllen, die alte Welt zu zerstören, damit Neues entstehen könnte.

Das letzte Bild seiner Erinnerungen an die schlimme Nacht war, dass die vierarmige Göttin Kaala von ihrem Marmorsockel hinuntergestiegen kam und genau in dem Moment eine Hand auf seinen Scheitel legte, als der Drache Salman durch zerberstendes Fensterglas in das Kirchenschiff geschossen kam, um ihn in Sicherheit zu bringen.

Joran richtete sich vorsichtig auf und schaute dankbar den Drachenbruder an, der wie immer, bereits seine Gedanken gelesen hatte.
»Ist schon gut«, sagte Salman nur und lächelte, »dafür bin ich doch da. Aber diesmal habe nicht ich dich gerettet, sondern Kaalas Macht hat uns hierher getragen.«

Der feuchte Morgennebel lichtete sich und jetzt entdeckte Joran unter einer Eiche am Waldrand den geheimnisvollen Hund aus seiner Kindheit. Joran hatte keinen Zweifel, dieses war Aris, jener Hund, der zwischen den Welten und Zeiten wandern konnte. Er saß aufmerksam neben einem dunkelbraunen Pferd, nun erhob er sich und kam herüber.

»Es ist Zeit, zu handeln, Joran«, begrüßte Aris ihn und nickte auch dem Drachen zu. »Dein Vater Taldin steht mit seinem Heer schon kurz vor Haldenfort. Dort in der Hauptstadt hat sich der Herrscher verschanzt, auch der Graf deiner Heimatstadt und einige Fürsten sind bei ihm. Sie alle sind Feiglinge, sie verkriechen sich voller Angst in der Burg der Hauptstadt, denn es geschehen viele Morde an den Mächtigen und Reichen überall im Lande. Unruhe ist aufgekommen, denn die Mörder können nicht gefasst werden. Manche erzählen von einem schwarzen Drachenreiter, der wie in alten Zeiten mordend über das Land zieht. – Was habt ihr denn bloß angestellt, Joran? Wie kommt es zu solchen Geschichten?«

Bei dieser Frage grinste er, doch bevor Joran irgendetwas erklären konnte, wurde Aris schon wieder ernst.

»Dein Vater Taldin kann die Stadt aber nicht einnehmen, solange Erbero nicht besiegt ist.«

»Wer ist Erbero?«, unterbrach Joran ihn.

»Ein abtrünniger Hund der Unterwelten, er hat sich dem Dienst des grausamen Herrschers verschrieben und bewacht das Stadttor von Haldenfort. Dieses Biest ist ungemein groß und äußerst gefährlich, aus seinen Fangzähnen spritzt Gift, sein Biss ist tödlich.«

Joran erinnerte sich an die Zeit im Schattenreich der Hexe und die schrecklichen Hyänen dort. Ein Schauder des Abscheus fuhr ihm über den Rücken, er presste seine Lippen zusammen und ballte die Fäuste. Auch die Gedanken des Drachen waren voller Rachsucht und Zorn, zweimal schlug er wütend mit dem Schwanz durch die Grashalme hinter sich. Die

Gefährten waren sich einig, diesen Erbero-Hund würden sie töten und das Stadttor von Haldenfort für Taldins Truppen aufbrechen.

Aris hatte die beiden beobachtet.

»Sobald Erbero besiegt ist, werdet ihr Hilfe bekommen, um die Stadt zu stürmen, Joran. Im Wald vor Haldenfort haben die Ordenskrieger der Göttin Kaala ihr Lager aufgebaut, sie warten schon seit ein paar Tagen auf dich und Salman. Sie haben früher mit eurer Ankunft gerechnet.«

Aris warf einen prüfenden Blick auf Joran, als warte er auf eine Erklärung. Während Joran nach passenden Worten suchte, mischte sich Salman ein, der seine gute Laune zurückgewonnen hatte, und zwinkerte Aris zu.

»Unser junger Freund war verhindert, er war nämlich in den Klauen seiner ersten Liebe gefangen. Doch das schöne Mädchen hat ihn verraten und sogar versucht, ihn zu töten. Kaala hat seine schwere Verletzung geheilt und uns hierher gebracht.«

»Und ich werde meinen Auftrag jetzt erfüllen«, ergänzte Joran entschlossen.

»Du solltest lernen, diese Dinge auseinander zu halten«, meinte Aris bloß und wechselte das Thema.

»Es sind nur drei Tagesritte von hier bis zu den Ordenskriegern«, erklärte er, »sie haben dieses Pferd für dich geschickt. Du sollst nicht auf Salman fliegen, du musst reiten, das Pferd findet den Weg. Sein Name ist Augurun.«

Aus Aris' Kehle drang nun ein ungewohnt hoher Ton, das Pferd hob den Kopf und stellte die Ohren auf. Dann kam es vorsichtig über die Lichtung auf Joran zu. Das dunkelbraune Fell des prächtigen Tieres glänzte unter den ersten Sonnenstrahlen, aber es schnaubte immer wieder misstrauisch, denn Salmans Witterung war ihm fremd.

Mit Pferden umzugehen, hatte Joran schon als kleines Kind beim Vater gelernt, darum wusste er, wie er Augurun beruhigend den Hals klopfen und ihn streicheln konnte. Salman schaute skeptisch zu und beschwerte sich spöttisch, dass Joran ihn, den Drachengefährten, nicht so liebevoll verwöhnen würde.

»Mir würde das nämlich auch gefallen, und meine Schuppen glänzen noch viel schöner als sein Fell ...«

Joran lachte, griff leicht einen Zügel und führte sein neues Reittier langsam zu Salman hinüber, der seine Nüstern behutsam denen des Pferdes näherte. Auguruns Ohren waren aufmerksam nach vorne gerichtet, Joran flüsterte beruhigende Worte hinein und streichelte sanft den edlen Pferdekopf, während seine andere Hand Salmans Unterkiefer kraulte. So lernte Augurun, dass Salman keine Gefahr für ihn war.

Die Ordenskrieger hatten Proviant für Joran in die Satteltaschen gepackt, ein braungrüner Umhang lag für ihn bereit und ein hellgrünes Schild aus einer geheimnisvollen Substanz, durchscheinend wie Glas, war an Auguruns Sattel gebunden. Staunend untersuchte Joran das unbekannte Material, er klopfte vorsichtig mit seinem Schwert gegen das Schild.

»Mach dir keine Sorgen, Joran, dies ist ein besonderes Schild. Es kann nicht zerstört werden außer durch Magie oder das Bolos-Feuer«, versicherte Aris ihm.

Erstaunt schaute Joran auf. »Gibt es die Bolos wirklich? Vor vielen Jahren hat Meister Dall uns in der Schule von ihnen erzählt ... Ich dachte, das sei bloß ein Märchen?«

Aris nickte. »Doch, es gibt sie noch. Im vorigen Sommer habe ich eine Gruppe von ihnen getroffen, aber es kann sehr gefährlich sein, ihnen zu begegnen. Nur selten vertrauen die Bolos einem Menschen. Aber wenn sie es tun, sind sie von großer Treue und ein unbesiegbarer Schutz. Das Phosphorfeuer aus ihren Augen wird von allen Kreaturen unserer Welt sehr gefürchtet.«

Joran schwieg und starrte nachdenklich in das Dunkel zwischen den Bäumen des Waldes, während sein Pferd gleichmütig die besten Grashalme am Rand der Lichtung kaute und Salman den langen Hals ausgestreckt hatte. Er schien sich mit geschlossenen

115

Augen auf etwas weit Entferntes zu konzentrieren. Aris wartete, bis Salman lächelnd nickte und die Augen wieder öffnete. Der Hund sah den Drachen fragend an.

»Ich habe eine Nachricht vom großen Oro, meinem Stammvater, erhalten« sagte Salman ernst, »wenn wir Haldenfort besiegt haben, wird Oro mich und Joran im Drachentempel erwarten und unseren Alten vorstellen. Er hat mir auch versprochen, uns eine kleine Herde Bolos zu schicken für den Kampf gegen den Erbero.« Joran hatte aufmerksam zugehört und nickte zufrieden.

»Dann ist uns der Sieg sicher!«

Er ging zu Augurun hinüber, fasste die Zügel und schwang sich in den Sattel. Als er anschließend eine Frage an Aris richten wollte, konnte er nur noch einen Schatten wahrnehmen und das leichte Schwanken der tiefhängenden Zweige eines Haselstrauches am anderen Rand der Lichtung. Joran richtete seinen Blick wieder nach vorn.

»Auf geht's, Augurun. Zeig uns den Weg!«

Joran gönnte sich und seinem Pferd nur wenige kurze Pausen zum Trinken, wenn sie auf einen Wasserlauf trafen. Manchmal flog Salman voraus und berichtete von Dörfern oder Bauernsiedlungen in der umgebenden Landschaft. Doch Augurun schien den Weg genau zu kennen, er strebte nach Norden und vermied alle von Menschen bewohnten Orte. Wenn sie offenes Land überqueren mussten, schickte Joran seinen Drachengefährten voraus und bat ihn, im Schutz eines Waldes oder unter einer Baumgruppe zu warten. Dort schien Salman mit dem Schatten der Gehölze zu verschmelzen, keiner der vereinzelten Reisenden oder Bauern, die unterwegs waren, entdeckte ihn.

Bevor die Sonne unterging, erreichten sie das Ufer eines Sees. Dort, wo der See von einem Bach gespeist wurde, bereitete Joran sein Nachtlager im Gras über dem Kiesstrand. Augurus fraß sich an den Gräsern mit ihren Samenständen satt, Salman genoss ein ausgiebiges Bad im See, während Joran den

Abendliedern der Vögel lauschte und den tanzenden Insekten über dem Wasser zuschaute.

»Das Bad hat mir die letzten Tage sehr gefehlt, Joran, so angenehm wie heute sollten alle Tage sein«, meinte Salman gutgelaunt, als er aus dem See zurückkam. Dann schwieg er und betrachtete Joran genau. Er spürte, dass Sorgen seinen Freund quälten. »Was ist los mit dir?«

»Salman, glaubst du, dass alle Bewohner von Haldenfort den Tod verdient haben? Bestimmt gibt es unschuldige Kinder dort, oder Flüchtlinge, die Schutz suchen und brave Menschen, die einfach nur in Frieden leben und arbeiten möchten. Die alle soll ich vernichten ...«

Der Drache seufzte. »Joran, manchmal glaube ich, du hättest im Schattenreich der Hexe gehorchen und völlig untertauchen sollen im Strom des Vergessens. Dann hättest du auch dein Gewissen vergessen, das dich immer wieder plagt. Die Gesetze der Natur kennen keine Rücksicht, wenn es darum geht, neues Leben möglich zu machen. Werden und Vergehen heißt das Gesetz. Das Alte muss vergehen, um Erneuerung zu ermöglichen, und es ist deine Aufgabe, dafür zu sorgen! Und denk daran: Kaala lässt nicht nur zerstören, sie schafft auch immer wieder Neues. Unser Auftrag ist der richtige.«

»Ich weiß es ja.«

Doch Jorans Stimme klang bedrückt.

Als das Tageslicht verdämmerte, stieg weißer Nebel über dem See auf. Joran beobachtete, wie ein schwacher Windhauch den Dunst zu Gesichtern und Gestalten formte. Er sah seine Mutter und die Geschwister vorüberziehen, das Gesicht der Muhme Maida schaute ihn aus dem Nebel an und verwandelte sich zum dreiäugigen Antlitz der Göttin Kaala. Sie schien freundlich zu lächeln, als Joran endlich einschlief.

Am dritten Nachmittag stießen sie auf zwei berittene Wachen der Ordenskrieger. Augurus hatte ihre Pferde aus der Ferne wiehern hören und sofort geantwortet, daher erwarteten die uniformierten Männer Joran am Rande eines hohen Buchenwaldes bereits. Joran war überrascht, dass die Wachsoldaten von ihren Tieren abstiegen und sich vor ihm auf den Boden knieten. Er schwang sich ebenfalls aus dem Sattel, bedankte sich und bat die Männer, aufzustehen. Sie gehorchten, verbeugten sich tief und hießen ihn willkommen.

»Deine Ankunft sei gesegnet, großer Anführer, der du gekommen bist im Auftrag unserer Göttin Kaala«, sagten sie ehrerbietig.

Joran nutzte die Gelegenheit, Salman herbeizurufen, um zu prüfen, wie die Ordenskrieger auf seinen Gefährten reagierten. Sie zeigten keine Anzeichen von Furcht, sondern nahmen den Drachen hin als Zeichen der großen Macht, die sie Joran zuschrieben und verbeugten sich auch vor Salman. Joran unterdrückte ein Lächeln, aber Salman grinste beifällig, als er Joran lautlos die Nachricht schickte, wie angenehm es sei, endlich einmal angemessen begrüßt zu werden. Die Männer baten, voraus reiten zu dürfen, um die Nachricht von Jorans Ankunft dem Meister des Ordens zu überbringen.

Als Joran zwei Stunden später in das Lager der Ordenskrieger einritt, hielt er das grüne Schild am Arm über den Zügeln in der linken Hand, seine rechte grüßte die Krieger mit dem erhobenen, blinkenden Schwert. Augurun hob stolz den Hals und wölbte den Nacken, fast tänzelnd hob er der Füße bei jedem Schritt zur Mitte des Platzes und Salman baute sich in voller Größe neben Joran auf, nachdem Augurun stehen geblieben war. Die Soldaten hatten rechts und links in vier Karrees Aufstellung genommen, jeweils mit einem ranghohen Offizier vor jeder Gruppe.

Aus einem auffallend weißen Zelt trat nun der Meister des Ordens. Er war deutlich älter als die zumeist jungen Krieger.

»Er ist ja viel älter als mein Vater«, dachte Joran, »Vater wird Augen machen, wenn ich mit diesen Ordenskriegern und einer Herde Bolos bei ihm auftauche.«

Im gleichen Moment erschallte auf das Zeichen der vier Offiziere vor den Truppen eine laute Begrüßung, von der Joran nur wenig verstehen konnte, aber das Wort Kaala mehrfach heraushörte. Danach knieten alle Krieger nieder, der Meister des Ordens verbeugte sich und Joran erkannte, dass die Begrüßung ihm selber, nicht dem Meister, gegolten hatte.

Er reckte noch einmal sein Schwert grüßend in die Höhe, dann saß er ab, hängte das Schild an den Sattel und steckte das Schwert in die Scheide. Augurun rührte sich bei alledem nicht vom Fleck, auch Salman schaute regungslos zu. Weil der Meister auf ihn zukam, ging Joran ihm langsam entgegen, bis sie voreinander standen. Scharf musterten die graugrünen Augen des älteren den jungen Mann, der den Ordenskriegern von ihrer Göttin angekündigt worden war. Joran stand sehr aufrecht, aus seinen dunklen Augen mit dem grünen Schimmer erwiderte er den Blick des Alten offen und freundlich. Daraufhin reichte der Meister ihm die Hand und ein gewaltiger Jubelruf erscholl von den Truppen.

»Unsere immerwährende Treue soll dir gehören, unsere ganze Kraft widmen wir dir, dem von unserer Göttin Gesandten; über unser Leben kannst du verfügen. Das schwören wir bei der Macht Kaalas!«, rief der Meister und die Krieger antworteten wie ein Chor: »So sei es!«

Selbst Salman war beeindruckt von der Zeremonie. Diese wurde nun fortgesetzt durch zeitraubende Paraden und Waffenvorführungen der Ordenskrieger. Joran unterdrückte seine Ungeduld und konzentrierte sich auf die Waffenkunst der Soldaten. Sie waren ausgerüstet mit Armbrüsten, die ihre Pfeile mit Eisenspitzen unglaublich weit trugen und das Ziel selten verfehlten. Das Können dieser Krieger imponierte Joran. Für den Nahkampf trugen sie kurze Schwerter und hatten leicht gekrümmte Messer in ihren roten Gürteln stecken. Diese Gürtel hielten kurze, weiße Gewänder zusammen, darunter bedeckten schwarze Hosen die Beine der Krieger und die Füße steckten in halbhohen schwarzen Stiefeln, die vorne abgerundet und an den Fersen mit metallenen Sporen versehen waren. Damit konnten sie ihre Pferde vorantreiben und sehr genau steuern, selbst wenn sie ihre Waffen benutzten.

Als die Vorführung endlich beendet war, bedankte Joran sich und folgte dem Meister des Ordens auf dessen Geheiß in das große weiße Zelt. Salman legte sich draußen nieder, Augurun durfte mit den anderen Pferden Hafer fressen. Zwei Krieger brachten Krüge mit Bier und servierten gebratenes Fleisch mit einem Brei aus Erbsen auf silbernen Platten für ihren neuen Anführer und den alten Meister. Nach dem Essen erklärte der Ordensmeister, was es mit seiner Armee auf sich hatte und beantwortete damit viele der Fragen, die Joran durch den Kopf gingen.

»Unser Orden bewahrt den uralten Kult um Kaala, denn sie ist die Tochter des Erschaffers aller Welten in allen Unendlichkeiten«, begann der Alte, »in den Welten, die wir kennen, sorgt sie seit jeher für Harmonie, Ausgleich und Entwicklung, damit das Leben nicht endet. Wir Ordenskrieger sind ihr militärischer Arm und erfüllen ihre Aufträge, denn wir sind die Nachfolger der Drachenreiter.«

Heiß wie ein Blitz durchfuhr es Joran bei den letzten Worten des Meisters, grüne Funken sprühten aus seinen aufgerissenen Augen. Schlagartig wurde ihm klar, dass er nicht länger allein war. Er hatte die Nachkommen seiner uralten Brüder gefunden. Mit ihnen würde er siegreich sein und seine Aufgabe bewältigen, da war er sich sicher. Eine große Bürde fiel von ihm ab. Laut sagte er zum Ordensmeister: »Die große Kaala hat mich gesegnet und ich habe ihr geschworen, die Welt zu erneuern. Ich will morgen aufbrechen. Seid ihr bereit?«

Der Ordensmeister verneigte sich zustimmend.

»Reite du voran, wir folgen dir.«

Als Joran in seinem Zelt eingeschlafen war, flog Salman im Schutz der Dunkelheit voraus und erkundete das Land. Am nächsten Morgen berichtete er von wenigen Dörfern und kleinen Bauernsiedlungen in der umgebenden Landschaft.

»Wenn Augurun die Dörfer vermeiden will, können wir sie ostwärts umgehen. Dann müssen wir aber einem Flusstal folgen, das eine mächtige Felswand durchquert. Es sieht steil und wild dort aus. Hoffentlich bricht sich dein Pferd dort nicht die Beine.«

Doch Auguruns Schritte blieben sicher, als sie die Schlucht erreichten und er von seinem gleichmäßigen Trab in einen vorsichtigen Schritt wechselte. So achtsam setze er seine Hufe, dass sich kaum ein loser Stein löste und ins Flussbett rollte. Salman schnaufte und mühte sich ab, Auguruns Tritten zu folgen.

»Lasst uns eine Pause machen und trinken«, meinte Joran am späten Vormittag und saß ab, um sich die Beine zu vertreten.

An dieser Stelle war der Fluss weiter und flacher geworden, herabgerutschter Kies bildete eine kleine Landzunge im Wasser. Joran beobachtete, wie sein

Pferd und Salman gierig tranken und dann noch im Wasser plantschten. Er grinste, weil Augurun mit den Vorderbeinen so heftig und schnell ins Wasser hieb, dass der Drache nassgespritzt wurde. Salman schlug als Antwort mit dem Schwanz das Wasser hoch, seine beiden Begleiter hatten offensichtlich Spaß zusammen. Dann kehrten sie zu Joran zurück, es wurde ganz ruhig um sie herum. Kein Vogel war zu hören, nur das Wasser murmelte gleichmäßig.

Plötzlich ertönte ein Grollen aus der Felswand hinter ihnen. Augurun zitterte, seine Vorderbeine stiegen hoch auf, das Weiß seiner Augäpfel wurde sichtbar und auch Joran fuhr erschrocken zusammen und sah sich um. Was er sah, war so unglaublich, dass er sich zweimal mit der Hand über die Augen fuhr.

Die Felswand veränderte sich, Erdreich und Pflanzen stürzten herab, Höhlen öffneten sich und wurden zu Augen in einem Gesicht, das langsam aus dem Felsen hervortrat. Tiefe Risse bildeten sich neben dem Kopf, der sich immer weiter hervorschob, ein lippenloser Mund klaffte über einem kantigen Kinn. Joran sah, wie die Zeichnungen des Gesteins sich zu den Runzeln eines uralten Gesichtes falteten und sich eine breite Nase vorstülpte. Die Augenhöhlen im Kopf sanken unter dem Gewölbe der mächtigen Stirn ein, Lava floss aus den Augen, die Erde rumpelte und bebte, die Luft um sie herum brauste.

Dann formten sich Worte, die als Felsbrocken aus dem riesigen Mund rollten, mit einem Getöse, als ob ferne Lawinen aus dem Gebirge zu Tal stürzten. »Ich bin das Dauernde. Ich bin die Zeit, ich war immer und werde ewig sein. Ihr aber seid klein, so klein und bald schon wieder vergangen sein!«, hörte Joran eine Stimme durch das Gepolter.

Erschüttert und fassungslos sank er auf die Knie vor dieser Urgewalt der Ewigkeit. Augurun flüchtete mit Schaum vor dem Maul das Flussufer hinunter, aber Salman war in der Bewegung erstarrt. Er wirkte wie aus Stein gemeißelt und in Joran stieg eine große Furcht hoch, dass sein Gefährte dem Dauernden verfallen sein könnte, dass die Ewigkeit ihn eingefordert hätte. Joran strengte sich ungeheuer an, um im Angesicht der Urgewalt Worte zu finden, die ihn und seinen Freund von der unerträglichen Ewigkeit befreien und wieder in das Jetzt entlassen würden.

»Wir sind Reisende nur für kurze Zeit und neigen uns vor Eurer Endlosigkeit«, sagte er und meinte zu sehen, dass die Furchen und Spalten des Gesichtes etwas weicher würden. Darum fuhr er fort: »Unsere Taten sind nicht von Dauer, so wie ihr es seid, und doch müssen sie getan werden nach den Gesetzen der kurzen Augenblicke, die uns die Ewigkeit zugeteilt hat.«

Joran sah, dass Salmans Beinmuskeln zuckten und dass er seinen Kopf etwas senken konnte. Das graue Gesicht der Ewigkeit schien im umgebenden Gestein leicht genickt zu haben, die Mundspalten veränderten sich und wirkten freundlicher. Joran wagte eine Frage an das Dauernde. »Bitte sagt uns, unendliche Macht der Zeit, womit wir Euch in unserer kurzen Lebensspanne dienen können.«

Er hatte die richtigen Worte gefunden, denn jetzt kullerten kleine weiße Kiesel als Zeichen des Wohlwollens aus dem Mund des ewig Dauernden. Seine Stimme klang nun wie ein munterer Bergbach zwischen Felsen.

»Dir, Joran, bin ich erschienen, weil du ausgesucht wurdest, eure Zeit zu gestalten und die Welt eurer Zeit zu verändern. Mich wirst du niemals ändern können – ich will, dass du das begreifst. Die Macht, die dir zugeteilt wurde, musst du nutzen für jene, die nach euch kommen werden. So richte deine Handlungen aus in dem Wissen, dass du nur die Richtung ändern kannst, die die Völker gehen werden, nicht aber die Ewigkeit, die auch ohne jegliche Völker bestehen bleiben wird. Deine Entscheidungen müssen standhalten vor der unendlichen Zeit, wenn ihr weiterhin bestehen wollt in uns, dem Dauernden. Vergiss nicht, eure Maßstäbe sind endlich und veränderlich, deine Werte vielleicht bald überholt vom Lauf der Zeiten. Ich aber dauere und fließe ewiglich. Ich vergesse nie. Ich trage alles Wissen in mir, von dem ihr Menschen manchmal einen Zipfel erhaschen dürft. Kannst du das verstehen?«

Joran nickte aufgeregt, streckte die Hand aus, als wollte er das Dauernde berühren. »Ehrwürdige Ewigkeiten, ich brenne danach, mehr zu wissen und die Geheimnisse der Welt zu erkennen, damit ich Fehler vermeide. Wie kann ich in der mir bemessenen Zeit all das erfahren, was wichtig ist, um richtig zu handeln für die neue Ausrichtung der Welt? Bitte lass mich an deinem Wissen teilhaben…« Dabei senkte er demütig den Kopf.

Ein Knacken und Rumpeln war zu vernehmen, schwarze runde Steine, die mit goldenen Adern durchzogen waren, rollten aus dem Mund des Dauernden, als es nun wieder sein Gesicht veränderte und sprach: »Im Buche aller Weisheit sind die Lösungen der Rätsel eurer Welt seit Jahrtausenden aufgezeichnet worden von den wenigen Weisen, denen es vergönnt war, das Buch zu öffnen. Dieses kostbare Buch der Weisheiten ist jedoch an einem geheimen Ort verborgen und es kann nur geöffnet werden von Trägern magischer Kräfte. Vielleicht kannst du es schaffen, junger Mensch, aber bist du dir denn gewiss, ob du die großen Erkenntnisse tragen kannst?«

Joran schluckte angestrengt, er suchte nach einer klugen Antwort, doch noch ehe er seine Gedanken geordnet hatte, schrumpften die Vorsprünge und Risse des Felsens zurück in die alten Strukturen. Der Moment der Ewigkeit war vorbei.

»Komm, mein Freund«, Salmans Stimme klang zuversichtlich und löste Jorans Starre, »wir müssen unseren Weg nun weitergehen.«

Immanuels Stimme war immer leiser geworden und versiegte jetzt ganz. Er starrte in die Dämmerung und seufzte: »Gute Reise, mein tapferer Freund…«

In dieser Nacht träumte er von Drachen mit schwarzen Reitern, die eine große Stadt von ihren Unterdrückern befreiten.

Die Färbersleute fanden bald einen neuen Lehrjungen. Immanuel besuchte die alte Maida im Hof der Färber, um ihr zu erklären, warum der Freud nicht mehr kommen würde.

»Joran hat seine Vergangenheit und Zukunft gefunden, Muhme«, versicherte er der alten Kräuterfrau bei seinem Besuch. Ihre Augen leuchteten auf und sie nickte ihm dankbar zu. Schon zwei Tage später schlief sie friedlich für immer ein.

Die verschwundene Mutter

Eines Tages kam Johanna, die mittlere Schwester des Geschichtenerzählers mit Tränen in den Augen vom Spiel draußen zurück. Obwohl Immanuel gerade an der Hobelbank arbeitete, bemerkte er, wie unglücklich das kleine Mädchen war. Er legte seinen Hobel zur Seite, beugte sich hinunter und nahm die Schwester in die Arme. Dann fragte er, was sie denn so bekümmern würde.

»Draußen vor der Stadt sind zwei Kinder, ein Mädchen und ihr kleiner Bruder, die sind so arm, dass sie barfuß in Lumpen laufen müssen und sie sind furchtbar hungrig!«, schluchzte Johanna, »ich möchte ihnen etwas zu Essen bringen.«

Weil der Vater nicht in der Werkstatt war, griff Immanuel zu seinem Brot und einem Stück Wurst, reichte es der Schwester und legte auch noch zwei Äpfel in ihre Schürze. Jetzt leuchteten Johannas Augen und sie lief los, um den hungernden Kindern zu helfen. Das Mädchen hatte Freudentränen in den Augen, als Johanna ihr das Essen reichte und der kleine Bruder begann sofort, seinen großen Hunger zu stillen. Als das Essen verzehrt war, versuchte das fremde Mädchen, Johannes Hand zu küssen, so dankbar war es, doch Johanna ließ das nicht zu, sondern wollte wissen: »Wie heißt ihr denn und woher kommt ihr?«

»Ich heiße Hiltgunt und dies ist mein kleiner Bruder Bertolf, ich nenne ihn aber Berti«, dabei legte sie ihren Arm auf die Schultern des Jungen, »wir sind aus dem Reich von Otmar dem Gierigen geflohen – unser Vater ist tot, und die Mutter wohl auch ...«, antwortete Hiltgunt bedrückt. »Unsere Heimat war einmal ein reiches Land mit großen Wäldern, in dem freundliche Menschen lebten.«

Sie seufzte und begann von ihrer Heimat zu erzählen.

Früher erledigten die Leute in diesem Land ihre Arbeiten als Handwerker oder Bauern oder auch als Jäger immer freudig und mit Eifer. Sie schlugen Holz und pflanzten neue Bäume nach, sie bestellten die Felder, schmiedeten Werkzeuge, webten Stoffe, nähten Kleider; die Zimmerleute bauten Häuser, die Tischler fertigten die Möbel. Trotzdem blieb den Menschen immer noch Zeit, sich um die Alten und die Kinder zu kümmern. Es war ein glückliches Land, bis ein neuer König die Regierung übernahm.

Dieser neue König lebte in großer Verschwendung und war unersättlich; alles in seinem Schloss ließ er vergolden, sogar die Wände in seinen Räumen mussten mit Gold und Edelsteinen verziert werden. Um all die Schätze kaufen zu können, erhöhte er die Steuern so sehr, dass für sein Volk fast nichts übrig blieb.

Die jungen Männer zwang er, für ihn in den Krieg zu ziehen und die Nachbarländer zu überfallen. Dort mussten die Soldaten alle Reichtümer rauben und die Beute dem neuen König bringen. Die wunderschönen Wälder ließ er abholzen und aus dem Holz Kriegsschiffe und eine hohe Wand um sein Reich bauen. Armut und große Verzweiflung legten sich über das Land.

Damit nicht genug, der gierige, bösartige König hatte auch allen Untertanen strikt verboten, über die Ungerechtigkeiten im Lande zu klagen oder mit

Fremden zu sprechen. Die finsteren Keller der großen Häuser wurden zu Gefängnisverliesen und es fanden sich auch böse Gesellen, die in diesen elenden Löchern jene Menschen anketteten, die es gewagt hatten, sich über den neuen Herrscher zu beklagen. Die Gefangenen starben allesamt bald an Hunger und Misshandlungen.

So war es auch dem Vater der geflüchteten Kinder ergangen, weil er gefordert hatte, dass der König den Menschen wenigstens die nötigste Nahrung von den Feldern lassen solle.

Nach seinem Tod war die Mutter wie von Sinnen über die kahlen Felder bis zum großen Fluss gelaufen und vom Strom mitgenommen worden. Ihr Körper wurde nie gefunden, darum hatte Hiltgunt das letzte Stück Brot eingesteckt, den Bruder an die Hand genommen und war dem Fluss bis zum Meer gefolgt. Aber sie fanden die Mutter nicht. Manchmal trafen sie unterwegs mitleidige Menschen, die ihnen etwas zu essen gaben, doch meistens mussten sie auf fremden Feldern oder im Wald armselige Nahrung suchen. Nach vielen Monaten Wanderschaft bei Hunger und Kälte hatten die Geschwister heute die Stadtmauer von Immanuels Heimat erreicht.

Die Geschichte der Flüchtlinge zerriss beinahe Johannas mitfühlendes Herz, Tränen tropften auf ihre Schürze. Schnell umarmte sie den kleinen Bertolf, weil der Junge sie ganz traurig anschaute, und verbarg ihr Gesicht in seinem Haarschopf.

»Immanuel muss euch helfen«, beschloss sie kurz darauf, »wartet hier, ich komme mit meinem großen Bruder zurück.«

Als Immanuel seine Arbeit beendet hatte und mit Johanna vor das Stadttor trat, saßen die fremden Kinder an der Stadtmauer und ließen in der Abendsonne ihre Haare trocknen. Sie hatten die

Wartezeit genutzt und waren zum Ufer des Flusses gegangen, der kurz darauf ins Meer mündete. Dort, wo das Wasser flach war, hatten die Geschwister gebadet und sich gewaschen. Immanuel betrachtete Hiltgunt lange, sie gefiel ihm.

»Johanna hat mir von euch erzählt und ich möchte dir helfen, du bist ein gutes Mädchen, Hiltgunt. Möchtest du hier eine neue Heimat finden oder lieber ganz woanders leben?«

»Wie kannst du uns denn helfen? Bist du ein Zauberer?«

Zweifelnd schaute das Flüchtlingsmädchen Immanuel an.

»Wir möchten unsere Mutter finden – aber vielleicht ist auch sie längst tot … Wir wissen es nicht.«

»Dann wollen wir es herausfinden«, sagte Immanuel, »kommt mit in meine Geschichte.«

Ein Bote klopfte herrisch an die Holztür eines schmalen, geduckten Hauses in einer schmutzigen Gasse des Dorfes. Hier lebte Clara in großer Armut mit ihren beiden Kindern, seitdem der Vater von den Schergen des Königs verhaftet und in ein dunkles Verlies geworfen worden war. Ein Spion des Königs hatte den ehrlichen Schmied schimpfen gehört, als ein armseliger Holzhändler kein Geld mehr hatte, um für sein halb verhungertes, lahmes Pferd ein neues Hufeisen kaufen zu können.

»Es ist eine Schande, wie der König seine Untertanen ins Elend stürzt, Menschen und Tiere müssen leiden, weil er alles nur für sich selber zusammenrafft!«, hatte der Vater geklagt.

Das war im letzten Frühling gewesen. Nun riss der Gefängnisbote die Tür zu dem kleinen Raum auf, in dem Clara sich mit ihren Kindern zwei Kartoffeln zum Abendessen teilte. Voller Angst und Schrecken fuhr sie hoch.

»Der Schmied ist tot. Er liegt vor dem Gefängnis und

141

wird heute Abend zum Knochenacker fortgeschafft, wenn ihr ihn nicht selbst beerdigt!« Die Stimme des Boten klang drohend.

Das Mädchen und der Knabe klammerten sich fest aneinander und erstarrten. Die Mutter riss den Mund auf, doch kein Schrei kam über ihre Lippen. Sie schlug ihre Hände vor das Gesicht. Als sie wieder atmen konnte, rannte sie wie von Sinnen los, erst weit draußen zwischen den Feldern schrie sie ihre Verzweiflung laut heraus. Der Schmerz in ihrer Seele trieb Clara immer weiter vorwärts und als sie das Ufer des großen Flusses erreichte, brach sie zusammen. Hilflos glitt sie die Böschung hinab und mit kühlen weichen Armen griff das Wasser nach ihr.

Ein fremder Fischer hatte aus der Ferne gesehen, dass eine Frau vom steilen Ufer in den Strom gestürzt war und sofort steuerte er sein Boot dorthin, wo sich noch die Röcke der Frau an der Oberfläche des Wassers aufbauschten. Mit aller Kraft gelang es ihm, den Körper in sein Boot zu ziehen und sogleich hob und schüttelte er Clara, bis sie einen Schwall Wasser ausspuckte und wieder zu atmen begann. Es dauerte lange, bis Clara zu sich kam und ihre Augen aufschlug. Mitleid erfasste den Fischer, als er die Verzweiflung und Trauer im den dunklen Augen der Frau erkannte. Sie schluchzte leise, wollte nicht sprechen und als er sie nach ihrem Namen fragte, murmelte sie nur unverständlich. Der Fischersmann nannte sie von nun an Kara, er selber hieße Pablo, sagte er.

Sein Boot war unterdessen den großen Fluss hinabgetrieben bis zum offenen Meer. Bevor der Mann die Reise fortsetzte, ging er an Land und füllte das Holzfass mit frischem Wasser auf, dann setzte er das Segel und sie trieben mit dem Ostwind über das große Meer. Unterwegs versorgte Pablo die trauernde Frau mit hartem Brot, Trockenfisch und Bier, das er aus einem verschlossenen Steinkrug schöpfte. Auch der Wasservorrat reichte aus. In den vier Wochen ihrer Reise über den Ozean begannen die beiden sich zu verstehen, doch oft überkam Carla die Trauer und sie weinte bitterlich, denn die Sorge um ihre Kinder fraß an ihrem Herzen. Pablo blieb geduldig und streichelte liebevoll ihre Tränen immer wieder fort.

Es dauerte fast einen Monat, bis eine grüne Küste vor ihnen auftauchte und Pablo begann, eifrig mit Segel und Ruder zu hantierten. Die Luft war immer wärmer geworden, je näher sie dem fremden Land kamen. Pablo steuerte sein kleines Schiff in die Mündung eines Flusses, doch bald musste er zu den Rudern greifen, denn zwischen den hohen, fremd-artigen Bäumen und dem dichten Grün war es heiß und feucht, kein Windhauch erreichte mehr das Segel des Bootes. Carla half ihm, so gut sie konnte.

Sie sah Tiere am Ufer des Flusses, die sie in ihrer Heimat nie zuvor gesehen hatte und wunderschöne bunte Blüten im dichten Grün des Dschungels entzückten sie. Kleine, lärmende Affen turnten in den Bäumen, wobei sie sich mit ihren langen Schwänzen festhielten, bunte Vögel riefen fremde Töne, wenn sie sich von den Baumriesen erhoben und über den Fluss schwebten. Riesige Krokodile trieben lautlos durch das Wasser oder versteckten sich lauernd, dann konnte Carla nur die großen Nasenlöcher und die kleinen Augen dieser eigenartigen Tiere sehen.

Oft begleiteten Fischschwärme das Boot und manchmal glitt eine rot gemusterte Schlange vom Ufer in den Fluss. Pablo erklärte Kara genau, welche Tiere sie meiden musste, weil sie gefährlich waren und welche der Tiere er später für sie jagen würde, wenn sie Fleisch essen wollten. Von den Früchten des Dschungels könne sie all das essen, was auch die kreischenden Affen als Nahrung sammelten.

Nach fünf Tagen tauchte am Ufer eine Hütte auf, dort machte Pablo das Boot an einem hölzernen Steg fest. Er reichte Kara die Hand und half ihr die groben Stufen aus Lehm und Wurzeln hinauf, bis sie den Eingang zur Hütte erreichten. Das Gebäude war auf starken Holzpfosten errichtet worden und eine offene Plattform ragte von der Tür bis über das Flussufer. Hier legte Pablo jetzt seine schwieligen Hände um Karas Gesicht und sie erlaubte ihm, sie zu küssen.

Carla und Pablo lebten glücklich zusammen, doch immer wieder dachte die Mutter an ihre Kinder. Oft ließen die Trauer und Sorgen sie des Nachts nicht schlafen.

»Ich muss wissen, was ist aus ihnen geworden ist, Pablo. Kannst du mich nicht zurückbringen über den Ozean? Ich will sie suchen und mit ihnen zu dir zurückkommen.«

Tränen liefen Carla übers Gesicht.

»Geliebte Kara, glaub' mir doch: Deine Kinder werden dich hier finden, weil sie dich lieben. Sie werden bald kommen, ich spüre das. Eine große Seele wird ihnen begegnen und sie hierher bringen. Ich weiß das«, versicherte Pablo ihr, »sei noch geduldig, meine Liebste.«

Zwar schöpfte Carla daraufhin immer wieder neue Hoffnung, doch sie wurde von Tag zu Tag schweigsamer. Jeden Morgen stand sie früh auf und schaute von der Terrasse über den Fluss nach Osten, wo ihre alte Heimat lag und wo ihre Kinder zurückgeblieben waren. Sie starrte solange in Richtung Osten, bis die aufgehende Sonne sie blendete.

An diesem Morgen ging sie hinunter zum Flussufer und folgte der Biegung des Flusslaufes, kaum dass das erste Tageslicht aufdämmerte. Plötzlich rieb sie sich das Gesicht. Spielten die Augen ihr einen Streich? Dort hinten, das waren doch keine spielenden Wasserschweine, das war doch ein kleines Segelboot, oder? Das Boot näherte sich, und jetzt glaubte Carla, die Stimme ihrer Tochter zu hören, die ein fröhliches Lied sang. Carla zitterte vor Aufregung, doch sofort schalt sie sich, dass sie sich schon Dinge einbildete. Ein Segelboot kann doch gar nicht den Fluss heraufkommen? Oder doch? Pablo hatte rudern müssen, als sie hierher kamen … Sie schlug die Hand vor die Augen und stöhnte, weil sie an ihrem Verstand zweifelte.

Dann hörte sie Pablos Schritte herankommen. Von hinten umfasste der treue Mann ihre Schultern.

»Schau genau hin, du musst jetzt daran glauben, sonst wird es nicht geschehen …«

Mit jeder Faser ihres Körpers wünschte sich Carla nun sehnlichst ihre Kinder herbei, hoffte und glaubte. Und dann gab es keinen Zweifel mehr: »Mutter!«, riefen zwei Kinder vom kleinen Schiff, »Mutter, wir kommen!«

Noch bevor Immanuel das Boot festmachen konnte, sprangen Hiltgunt und Berti von Bord und stürzten sich in Carlas weit geöffneten Arme. Pablo schaute Immanuel nur für einen kurzen Moment tief in die Augen, als er ihm half, das Boot festzubinden, dann wandte er sich seiner überglücklichen Kara zu und begrüßte die Kinder liebevoll.

Das schöne, neue Boot war der Familie später noch sehr nützlich, doch niemand konnte sich erklären, wo der Schiffer geblieben war. Alle erinnerten sich nur an das strahlende Lächeln des Jungen, der die Familie zusammengeführt hatte und schon kurz darauf unbemerkt wie vom Erdboden verschluckt war, während sich Mutter und Kinder noch selig in den Armen lagen.

Spät nachts, als Immanuel wieder im Elternhaus angekommen und zu Bett gegangen war, hörte er das Trippeln von Füßen und kurz darauf zog seine Schwester Johanna die Zimmertür auf. Sie erschrak, weil die Tür in der nächtlichen Stille laut knarrte, doch Immanuel lud sie ein, in den Raum hinein zu kommen. »Du möchtest bestimmt wissen, was aus den Flüchtlingskindern geworden ist?«, fragte er freundlich. Im Licht der kleinen Öllampe, die im Flur nachts brannte, sah er Johanna eifrig nicken.

Obwohl Immanuel sehr müde war, erzählte er der kleinen Schwester von der Bootsfahrt auf dem Fluss im Dschungel und wie selig die Familie gewesen war, weil er sie wieder vereint hatte. Jetzt konnte auch Johanna glücklich einschlafen.

Die Tochter der Weißnäherin

Es waren drei Wandergesellen in die Stadt gekommen, und wie es Brauch war, hatte auch der Vater von Immanuel, dem Geschichtenerzähler, einen Gesellen für seine Tischlerei aufgenommen. Samstags abends trafen die Burschen sich im Wirtshaus, tranken viel Bier, spielten Karten und wenn es Tanz gab auf der Diele, versuchten sie, mit gewagten Aufführungen oder mit abenteuerlichen Geschichten über ihre Wanderjahre die jungen Mädchen der Stadt zu beeindrucken.

Einer von ihnen, Eberhard, der beim Schmied arbeitete, war ein besonders starker und wüster Kerl. Wenn ihm jemand widersprach oder Eberhard glaubte, dass ihn jemand foppen wolle, ging sein Temperament mit ihm durch und er war er schnell mit den Fäusten zugange. Fast immer war er der Sieger bei solchen Prügeleien. Nur sein Meister, der Schmied Mattes, war stärker als er und konnte sich gegen Eberhard durchsetzen. Eigentlich war Eberhard ein hübscher Kerl mit seinen grünen Augen und den wilden, schwarzen Locken, doch alle fürchteten sein ungestümes Wesen.

An einem Sonntag nach einer durchzechten Nacht begegnete ihm die Tochter der Weißnäherin, die auf dem Heimweg von der Kirche war. Eirene war ein zierliches Mädchen mit einem feinen Gesicht, ihre langen braunen Haare hatte sie zu einem dicken Zopf geflochten, den sie um den Kopf gewunden trug. Eberhard ging einfach neben ihr her und sprach sie an.

Er bewunderte ihr Kleid und machte ihr allerlei Komplimente.

Schließlich gelang es ihm, dem Mädchen so zu schmeicheln, dass sie bereit war, ihn zu einem Spaziergang vor die Stadt zu begleiten. Allzu verführerisch waren die Beteuerungen des jungen Mannes, dass dieser Sonntag doch deshalb von Gott als Ruhetag eingerichtet war, damit die Menschen aufhörten zu arbeiten und auch einmal die schöne Natur mit ihren Blüten und dem Vogelgesang genießen sollten.

»Ich darf aber nicht lange wegbleiben, die Mutter wartet und sie hat mir auch verboten, mit einem Mann zu gehen«, erklärte die schüchterne Eirene dem wilden Eberhard. Doch der lockte sie auf eine Wiese im Wald und beachtete ihren Protest und ihr Weinen nicht, als er ihre Röcke hochschob und sich auf sie legte.

Einige Monate später, nachdem die Handwerks-
burschen längst weitergezogen waren, konnte Eirene
nicht mehr verbergen, dass ein Kind in ihrem Leib
wuchs. Die Weißnäherin wurde sehr böse und machte
ihrer Tochter schlimmste Vorwürfe, denn sie wusste,
wie elendig das Leben für eine unverheiratete Frau
wurde, wenn sie ein Kind bekam. Sie selber hatte
dieses Schicksal erlebt und Eirene ohne Vater
aufziehen müssen. Jetzt munkelten gehässige Leute
schon: »Wie die Mutter, so die Tochter! Beide sind nicht
anständig!«, und die meisten Hausfrauen gaben der
Näherin keine Aufträge mehr, so dass auch noch Armut
drohte.

In ihrer Verzweiflung befahl die Mutter, dass
Eirene den Schmiedemeister heiraten solle, der den
Wandergesellen Eberhard aufgenommen hatte.
»Ich habe schon mit Mattes gesprochen, er will dich
haben, er hat dich immer schon haben wollen und
darum keine andere geheiratet.«

Aber Eirene fürchtete sich vor Mattes, vor seiner lauten Stimme, seinen groben Händen und seinem aufbrausenden Temperament. Sie war zutiefst unglücklich, weinte viel und wagte sich kaum noch auf die Straße. Doch eines Abends huschte sie hinüber zum Haus des Pfarrers und klopfte an die Tür. Der gütige Mann hörte voller Mitleid den ganzen Kummer des schluchzenden Mädchens an und versuchte zu trösten. Zwar konnte auch er Eirene nicht helfen, aber er gab ihr einen Rat.

»Geh zu Immanuel, dem Geschichtenerzähler, wenn dir irgendjemand helfen kann, dann wird er es sein.«

Die Verzweiflung gab dem Mädchen den Mut, noch am späten Abend zum Haus des Tischlers zu laufen, das Tor zum Hof zu öffnen und nach Immanuel zu rufen. Der Geschichtenerzähler hatte schon davon gehört, in welcher Not Eirene war, darum überraschte ihn der Besuch nicht.

»Ich weiß, die Leute sind ungerecht, sie meiden dich

und deine Mutter. Braucht ihr Arbeit? Soll ich fragen, ob meine Mutter Aufträge für euch hat?«

»Ach, Immanuel, du bist so ein guter Junge! Aber ich will nicht um Arbeit fragen. Ich möchte weg aus dieser Stadt, aus diesem Land, wo ein Mädchen kein gutes Leben mehr haben kann, wenn sie Mutter wird, ohne einen Ehemann zu haben. Es war Eberhard, der Geselle des Schmiedes, er hat mir Gewalt angetan und ist fortgegangen. Und jetzt hat die Mutter befohlen, dass ich den Schmied Mattes heiraten soll – aber ich kann und will das nicht! Ich muss ganz schnell fort.«

Sie saß neben Immanuel auf der Bank an der Werksatttür und versuchte, ihr herzzerreißendes Schluchzen in der Schürze zu ersticken, die sie mit beiden Händen vor das Gesicht drückte.

»Der Pfarrer hat gesagt, dass du mir vielleicht helfen kannst«, brach es nach einer Weile aus ihr heraus.

»Der Pfarrer hat Recht. Ich könnte dich mitnehmen auf eine Geschichtenreise und dich fortbringen. Wo möchtest du denn leben? Wo soll dein Kind aufwachsen?«

»Ich wünschte, du könntest einen Ort oder eine andere Zeit finden, wo es nicht so schlimm ist für ein Mädchen wie mich …«

Eirenes Stimme war zu einem Flüstern geworden.

»Hast du denn bedacht, dass du ganz allein und ohne deine Freundinnen und deine Mutter sein wirst, wenn du ein neues Leben beginnst?«

»Meine Freundinnen meiden mich, meine Mutter schämt sich für mich und ist böse geworden.«

Schon wieder flossen die Tränen des unglücklichen Mädchens, Immanuel hatte jetzt keinen Zweifel mehr, dass er Eirene schnell in eine freundlichere Welt bringen müsste. Ihr Kind sollte glücklich aufwachsen dürfen und eine gute Zukunft haben.

»Möchtest du dich erst von deiner Mutter verabschieden, oder willst du jetzt sofort die Heimat verlassen?«, fragte er vorsichtshalber, doch Eirene wollte nur so schnell wie möglich fort. Da schaute Immanuel hinauf zum Sternenhimmel, nahm ihre Hand und begann zu erzählen.

E irene hatte einen weiten Weg hinter sich gebracht. Zuerst war sie auf einen Bauernkarren geklettert, danach mit einer Postkutsche gereist und schon Stunden später, als sie in einer großen Stadt mit engen, hohen Häusern und einem prächtigen Dom anlangte, stieg sie in einen der vielen Wagen mit stählernen Rädern, die an eine fauchende schwarze Maschine angehängt waren. Diese Maschine zischte und ratterte, sie stieß Dampfwolken aus und zog die Wagen auf eisernen Schienen durch die Landschaft.

Lokomotive wurde das Gerät vorn am Zug genannt, lernte Eirene von einer fröhlichen Frau, die mit ihr im Wagen saß und auch gleich erzählte, dass sie auf der Reise zu ihrer Tochter und den Enkelkindern sei. Die ältere Frau war allerdings sehr neugierig und wollte von Eirene wissen, woher sie käme und warum sie solche uralten Kleider trug.

»Bist du ein Dienstmädchen, das der Herrin weggelaufen ist, weil sie dir keine anständige Kleidung gibt? Die Schürze, die du vorgebunden hast, mag eine schöne alte Handarbeit sein, mein liebes Mädchen, aber solche Sachen gehören ins Museum. Wir leben doch in modernen Zeiten!«, missbilligte sie Eirenes Erscheinung.

Eirene wusste nicht, was sie antworten sollte. Ihr wurde bange, denn sie hatte bemerkt, dass die Orte, in denen der Zug manchmal anhielt, völlig anders aussahen als alles, was sie bisher kennengelernt hatte. Die Menschen, die in den Zug ein- oder aus ihm heraustiegen, trugen Mäntel und Hüte, die sie nie gesehen hatte; in den Straßen der Städte war ein lebhaftes Treiben, ihr schien, als würden die Leute immer eilig hin und her rennen. Es gab große, mehrstöckige Hallen mit hohen, qualmenden Schornsteinen in diesen Städten. Die Frau, die neben Eirene auf der Bank im Zugabteil saß, bezeichnete diese Gebäude als Fabriken und schwärmte begeistert, dass darin massenhaft neue Waren hergestellt würden, angefangen von hübschen Kleidern bis hin zu Stahl und sogar kompletten, neuartigen Waffen.

Einmal ertönte eine schrecklich laute Hupe und Eirene konnte fast nicht begreifen, was danach geschah: Ein endlos scheinender Strom von Männern, mit nur wenigen Frauen darunter, ergoss sich aus den Toren der Fabrik, durch ein anderes Tor drängten sich Leute in die Fabrik hinein.

»Schichtwechsel«, sagte die Frau neben Eirene bloß, »suchst du vielleicht eine neue Arbeit in der Stadt?« Gleichzeitig schaute sie skeptisch auf Eirenes Gestalt und das Mädchen wurde rot vor Verlegenheit. Bestimmt hatte die Frau bemerkt, dass sie ein Kind erwartete. Zum Glück plapperte die Reisgefährtin weiter.

»An der nächsten Station erreichen wir meine Stadt. Ich sehe doch, dass du Kummer hast, du armes Kind. Ich nehme dich mit zu meiner Tochter, ja? Sie hat ein gutes Herz, sie wird dir neue Kleider und gutes Essen geben, danach kannst du deine Reise fortsetzen.«

Weil Eirene inzwischen großen Hunger und für ihre Kleider auch schon viele abschätzige Blicke geerntet hatte, nahm sie das Angebot dankbar an.

Zilli, die Tochter der Reisegefährtin, war sehr großzügig. Sie stattete Eirene mit neuer Kleidung und Wäsche aus, lud sie an einen reichhaltigen Esstisch ein und bot ihr sogar an, in ihrer Familie zu wohnen, bis das Kind geboren sei. Zilli hatte schnell bemerkt, dass die junge Frau bald ein Baby bekommen würde. Eirene aber wollte sich wieder auf den Weg machen, sie hatte begriffen, dass ihre Reise sie in immer fortschrittlichere Zeiten brachte und hoffte, ihr Kind an einem sorgenfreien Ort gebären zu können.

»Ich weiß nicht, wie ich dir jemals danken kann«, sagte sie unter Tränen zu Zilli, »möge Gottes Segen auf dir ruhen und das Glück bei euch wohnen!«

Der Zug, den Eirene nun bestieg, ratterte sehr schnell durch das Land. Er durchquerte eine Gegend, in der zwei furchtbare Kriege tobten. Tausende von Männern starben in Kämpfen mit ungeheuren Waffen, die Eirene sich niemals hätte vorstellen können, sogar vom Himmel fiel das Unheil, das Städte zerstörte und zahllose Menschen verbrannte. Eirene schloss die Augen und betete, dass der Zug nicht hier anhalten würde.

Sie öffnete die Augen erst wieder, als es um sie herum leiser geworden war. Sie konnte die Maschine vorne am Zug nicht mehr hören, obwohl die Landschaft jetzt mit rasender Geschwindigkeit draußen an ihr vorbeizufliegen schien, es gab nun weniger Wälder draußen, stattdessen waren neue, helle Häuser und hohe Gebäude in die Landschaft gebaut worden. Der

Wagen, in dem sie sich befand, hatte sich wie durch Zauberei verändert. Die Sitzbänke waren weich gepolstert, sauberes, blankes Gestänge funkelte und die Türen zu angrenzenden Waggons öffneten und schlossen sich wie von Geisterhand, wenn ein Mensch sich näherte.

Als der Zug abgebremst wurde, weil sie in eine neue Stadt hineinfuhren, stand Eirene auf. Hier wollte sie ihre Reise beenden, denn sie begann, sich vor weiteren unbegreiflichen Veränderungen zu fürchten. Verschüchtert stand sie jetzt auf dem Bahnsteig und zuckte zusammen, wenn ein neuer Zug zischend in den Bahnhof einfuhr. Schließlich folgte sie zögernd dem Strom geschäftiger Menschen eine breite Treppe hinunter und durch gläserne Türen hinaus auf einen großen Platz. Furcht ergriff sie. Wie sollte sie sich zurechtfinden in dieser lärmenden Welt?

Unzählige Wagen in allen Größen, aber ohne Pferde oder Lokomotive davor, fuhren vorbei oder hielten an, um Lasten oder Menschen ein- und auszuladen, Lichter an Häusern und Hallen blinkten bunt und grell, fremdartige Musik schallte aus den Geschäften, aus der Ferne war das Tuten großer Schiffe im Hafen zu hören, Menschen sammelten sich an kleinen metallenen Schildern und warteten auf kurze Züge, in die sie hastig einstiegen, aber auch zu Fuß strebten ununterbrochen Menschen an ihr vorbei.

Eirene war sehr verwirrt. Sie fand eine Bank aus glattem Stein, setzte sich darauf und schaute verängstigt um sich. Ein Mann hatte sie beobachtet. Das hübsche Mädchen, das so kläglich und unglücklich dort hockte, tat ihm leid.

»Bist du eine Geflüchtete? Woher kommst du denn?«, sprach er Eirene an.

Seine Stimme war freundlich, doch die Worte, die er sprach, klangen ungewohnt in Eirenes Ohren. Sie schaute ihn direkt an und der junge Mann erkannte nun, welch ungewöhnliche Schönheit er vor sich hatte. Zwar waren die strahlend blauen Augen des Mädchens von Tränen verhangen, doch er sah ein ebenmäßiges, liebliches Gesicht, das von langen Zöpfen eingerahmt war.

»Darf ich mich zu dir setzen?« Schon hatte er neben ihr Platz genommen. »Wenn du Hilfe brauchst, frag mich einfach«, sagte er, »ich heiße Piet und bin ein Maler.«

»Ich heiße Eirene. Ich werde schon bald mein Kind gebären, aber ich habe keinen Ort zum Leben …« flüsterte Eirene.

Vorsichtig legte Piet seine Hand auf die von Eirene. Er merkte, dass die junge Frau zitterte.

»Ich werde dir helfen und auch wenn du mich noch nicht kennst, kannst du mir vertrauen. Unter meinem Atelier habe ich eine große Wohnung, dort kannst du wohnen. Ich verspreche dir, dass du nichts tun musst, was du nicht möchtest, nur deinen Anblick möchte ich genießen und dein Gesicht muss ich malen. Zur Geburt des Kindes werde ich dich ins Krankenhaus bringen, auch danach kannst du mit dem Baby bei mir bleiben. Ich mag Kinder.«

In ihrem Herzen spürte Eirene, dass dieser Maler ein guter Mensch war, dem sie vertrauen könnte. Eine kleine Hoffnung keimte in ihr, dass sie bei diesem Mann vielleicht das Ende ihrer Reise erreicht hätte. Aber sie zauderte. Sie erinnerte sich an Eberhard, dem sie auch einmal allzu leichtsinnig ihr Vertrauen geschenkt hatte.

»Ein Kind macht viel Arbeit, es ist laut und bringt Unruhe ins Haus. Und ich muss eine Arbeit finden, um Geld zu verdienen, damit ich das Kind versorgen kann. – Du kannst dir das alles bestimmt nicht vorstellen …«

Piet lachte. »Doch, ich weiß, wie das ist. Du musst dir deswegen keine Sorgen machen. Ich hatte drei kleine Geschwister zuhause, um die ich mich gekümmert habe, weil die Mutter uns verlassen hat und zu einem anderen gegangen ist. Unser Vater musste viel arbeiten, aber es ist alles gut ausgegangen. Meine jüngste Schwester studiert an der Universität, die älteste ist Ärztin geworden und mein kleiner Bruder reist in der Welt herum und berichtet für Zeitungen und Fernsehsender.«

Er bemerkte, dass Eirene verzweifelt versuchte, ihn zu verstehen, aber es ihr nicht gelang.
»Weißt du was? Ich zeige dir erst einmal, wo ich wohne. Eine Frau habe ich schon seit einem Jahr nicht mehr, du musst also nicht fürchten, dass jemand eifersüchtig sein könnte. Wenn es dir bei mir nicht gefällt, bringe ihn dich in ein Haus, wo viele Frauen in deiner Situation leben, bis ihr Baby etwas älter ist und sie arbeiten gehen können. Ja, solche Häuser gibt es doch …«, sagte Piet, als ihm das maßlose Staunen in Eirenes Gesicht auffiel.

»Ich sehe schon, du kommst aus einer ganz anderen Welt … Wenn du möchtest, werde ich bei dir sein, während du lernst, in der heutigen Welt zu leben. Und ich werde lernen, deine Herkunft zu verstehen.«
Gutgelaunt zog er Eirene von der Bank hoch, er freute sich darauf, die ungewöhnlichen Erlebnisse der

hübschen Frau zu erfahren. Sie würde seine Malerei neu beflügeln, davon war er überzeugt.

Von diesem Moment an wandelte sich Eirenes Schicksal. All ihre Hoffnungen wurden erfüllt: Sie gebar ein gesundes Mädchen in der Obhut guter Hebammen in einem sauberen Krankenhaus, Piet war ein fröhlicher Gefährte, der sich liebevoll um sie und das bildhübsche Kind mit den schwarzen Locken und den grünen Augen kümmerte und einige Jahre später führte Eirene ein Geschäft im Zentrum der Stadt, wo sie mit großem Erfolg kostbare handbestickte Wäsche verkaufte.

Immanuels Geschichte hatte lange gedauert, die Sterne des Nachthimmels waren verblasst, nur der Morgenstern leuchtete noch schwach am heller gewordenen Himmel. Bald würde die Sonne aufgehen. Der Geschichtenerzähler gähnte zufrieden, als er noch für ein paar Stunden schlafen ging. Bald schon würde der Stadtsänger durch die Straßen ziehen und ihn wieder aufwecken.

Vom Küchenjungen zum Prinzen

Der kleine dicke Richard spielte nicht gern mit den anderen Kindern, denn immer war er zu langsam beim Haschen oder Versteckspiel. Wenn die anderen hinunter zum Strand liefen, um neue Muscheln zu finden oder in den Wald, um Beeren zu sammeln, weigerte er sich, mitzutun. Lieber ging er gemächlich hinüber zur Tischlerei, wo Immanuel, der Geschichten-erzähler wohnte. Richard hoffte nämlich, dass ihm der gutmütige Immanuel wieder eine kleine Geschichte erzählen würde, die ihn in eine andere Welt führte.

Dann war er glücklich und konnte in seiner Fantasie unterwegs sein.

Auch an diesem Tag betrat Richard die Werkstatt, wo Immanuel damit beschäftigt war, die Seitenwände einer Truhe blank zu polieren. Der pummelige Junge setzte sich schweigend auf einen Sägebock und wartete.

»Na, Richard, wohin möchtest du denn heute reisen?«, fragte Immanuel lächelnd.

»Ich war gestern bei den Mönchen im Kloster und Pater Wulfram hat mir ein herrliches buntes Buch gezeigt, da waren Bilder drin von reichen Königen und prächtigen Gemächern. So möchte ich auch leben, nicht hier in dieser armseligen Stadt.«

Richards Stimme klang so sehnsüchtig, dass Immanuel fragte: »Glaubst du wirklich, dass du dort glücklicher wärest als hier, wo du immerhin ein Küchenjunge beim Kaufmann bist? Ist er denn hart zu dir, dein Herr?«

»Nein, er ist recht freundlich, ich bekomme viel Essen bei ihm und ich darf sogar spielen gehen mit den anderen … Aber ich wünsche mir, in einem Schloss zu wohnen mit vielen Büchern, kostbaren Möbeln und blank polierten Fußböden. Und bunte, glänzende Kleider möchte ich tragen. Ich liebe das Schöne doch so sehr!«

Immanuel schmunzelte zunächst, doch dann überlegte er. Richards Eltern waren gestorben, als er noch ganz klein war. Erst war der Junge im Armenhaus untergebracht worden, später hatte der Kaufmann ihn aufgenommen, dort hatte Richard sich zwar immer satt essen können und aus einem ganz mageren Kind war ein dicker Junge geworden, doch Immanuel verstand, dass Richard sich eigentlich nach Liebe sehnte. Er wollte Schönes um sich herumhaben, damit er wenigstens selbst etwas lieben könnte.

»Vielleicht kann dir deinen Traum erfüllen, doch ob dein Leben in einem Schloss leichter sein wird, das kann ich nicht versprechen. Wenn du mir in die neue Geschichte folgst, wird es für immer sein, aus dieser Geschichte ist keine Umkehr möglich. Du musst es dir sehr gut überlegen!«

»Ich möchte sofort in ein neues Leben eintreten, bitte, führ mich dorthin«, bettelte Richard.

Ein armselig wirkender Haufen von Rittern, die Schwerter trugen, dazu Bauern, die nur mit Speeren bewaffnet waren, hatte sich am Waldrand um den jungen Prinzen Richard versammelt und wartete auf seine Befehle. Richard, dem die Rüstung knapp saß, weil er ein dicker Prinz war, stieg keuchend von seinem schweißnassen Pferd ab und schob das Visier des eisernen Helmes hoch. Die Nacht war hereingebrochen, deshalb waren die Kämpfe auf den weiten Hängen, die hinunter zum Oye-Fluss reichten, unterbrochen werden. Und nur wegen dieser nächtlichen Dunkelheit waren die hier am Wald versammelten Kämpfer knapp mit dem Leben davongekommen bei der Schlacht. Fünf Männer aus der Garde des Prinzen waren auf dem Schlachtfeld verblutet, drei Bauern und zwei Ritter der verbliebenen Truppe waren schwer verwundet worden, sie mussten dringend verbunden werden und ausruhen.

Der Prinz zeigte auf den Wald hinter sich. »Dies wird für heute Nacht unser Feldlager sein.« Er wandte sich an den jüngsten seiner Ritter und zwei Bauernburschen. »Ihr werdet nacheinander Wache halten. Die Häscher des Feindes sind noch unterwegs und vielleicht müssen wir fliehen. Aber ihr alle habt heute tapfer gekämpft, dafür danke ich euch. Werdet ihr weiter für mich einstehen und mich schützen?«
Alle Männer nickten eifrig und beteuerten dem Prinzen ihre Treue.

Sie kannten nichts anderes, als immer wieder ihr Leben riskieren zu müssen für den jeweiligen Herren; so war es immer schon gewesen und so hatten es auch ihre Vorväter erlebt. In ihrem Heimatland, einem Inselreich im Nordischen Meer, flammten seit mehr als 100 Jahren immer wieder Kriege auf, weil sich zwei große Herrschaftsfamilien um den Königsthron des Reiches stritten. Ihre Untertanen, die Ritter, die freien Bauern und die unfreien Bewohner der Dörfer wussten manchmal gar nicht mehr genau, wer gerade ihr Herrscher war und an welche Religion sie glauben sollten. Aber immer mussten sie ihren Herren gehorchen, sonst würden sie mit dem Tod bestraft werden. Der dicke Prinz Richard von Lowick allerdings bemühte sich, kein grausamer Herr zu sein, darum mochten seine Leute ihn.

Nun hatte nach langen Zwistigkeiten im Lande eine neue Königin den Thron bestiegen. Sie forderte, dass alle Untertanen des Königreiches an ihre Religion glauben sollten. Da Richard aber ein Prinz aus der anderen Königsfamilie war, die in dem langen Streit schließlich unterlegen war, gehorchte er dem Befehl der neuen Majestät nicht. Auch viele andere Leute im Reich wollten die neue Religion nicht annehmen. Doch die Königin ließ alle Widerständigen erbarmungslos jagen, einsperren, foltern und töten. Viele Menschen, auch die adeligen Herren, lebten in großer Angst vor ihr, deshalb taten sie nach außen so, als ob sie der Königin gehorchten, aber im Geheimen beteten sie noch nach den alten Ritualen und viele von ihnen versteckten Menschen, die auf der Flucht waren, vor den Soldaten der Königin.

An diesem Tag waren die königlichen Truppen auf ein kleines Heer von Widerständigen getroffen, das von Grafen und Fürsten aus dem nördlichen Teil des Landes zusammengestellt worden war. Im Norden waren die Menschen besonders eigensinnig, sie wollten ihren alten Glauben nicht aufgeben, sondern ihre Freunde im Lande gegen die königlichen Verfolger schützen. Richard hatte sich diesem Heer mit seiner Schar aus Bauern und Rittern angeschlossen. Verbissen kämpfte er in dem aufständischen Heer gegen die Königlichen. Schwerter und Rüstungen klirrten, verletzte Pferde wieherten schrill auf, getroffene Männer stöhnten schmerzerfüllt und der Geruch von Blut lag über dem Schlachtfeld.

Als der Abend zu dämmern begann, zog ein entsetztes Raunen durch das Heer der aufständischen Fürsten: Ihr Feldherr, der Fürst von Conchlon, war gefallen. Bevor er an seiner Stichwunde in der Brust starb und die Augen für immer schloss, mussten seine beiden Söhne, die neben ihm gekämpft hatten, ihm versprechen, ihren Glauben niemals aufzugeben. Richards kleine Truppe hatte bis zuletzt tapfer gekämpft, um die Feinde von der Stelle fernzuhalten, wo der Fürst den Tod fand, damit die Söhne sich verabschieden und den Leichnam fortbringen konnten.

Nachdem die Nacht vollständig hereingebrochen und die Verwundeten versorgt waren, wollte sich Prinz Richard gegen die Kühle der Nacht mit einem Fell bedecken und schlafen legen. Aber noch bevor der wachhabende Ritter ihn warnen konnte, hörte er ein schwaches Knacken kleiner Zweige und das Rascheln von Laub. Vorsichtige Schritte näherten sich und Richard ergriff sein Schwert.

»Wer da?«, fragte er ins Dunkel. Sofort kam einer der Wächter herangehuscht und stellte sich schützend neben seinen Prinzen. Ein junger Mann trat aus dem Unterholz vor, es war Aldert, der jüngste Sohn des Fürsten Conchlon.

»Ich soll euch warnen, denn ihr seid hier im Wald nicht sicher«, flüsterte Aldert hastig, »wenn ihr nicht gefasst werden wollt von den Soldaten der Königin, müsst ihr fliehen. Mein Bruder ist mit dem übrigen Heer bereits auf dem Rückzug nach Norden. Brecht sofort auf, die Feinde durchkämmen von Süden her den Wald! Viel Glück dir und deiner Schar.«

Schon entfernte sich Aldert eilig. Aus der Ferne hörten sie ein Pferd wiehern.

Richard überlegte. Den Weg zurück zu seiner Burg Lowick konnte er in dieser Nacht nicht schaffen, denn auch die Pferde waren erschöpft. Aber nur sechs oder sieben Meilen von hier entfernt befand sich der Landsitz Penton Hall des Herrn von Northumberland. Von der Gräfin war bekannt, dass sie die Aufständischen unterstützte, aber niemand konnte sicher sagen, ob auch der Graf immer noch auf Seiten der Anhänger des unterlegenen Königs stand. Weil Richard aber keinen anderen Ausweg sah, wollte er die Flucht nach Penton Hall wagen.

Zu seinen Bauern sagte er: »Ich entlasse euch aus meinen Diensten, denn wir alle sind in Gefahr. Werft eure Speere weg, macht euch als einfache Bauern auf den Weg nachhause, ihr werdet in den kleinen Höfen oder in den Dörfern Unterschlupf finden. Helft auch euren verwundeten Kameraden, denn ich muss fliehen.«

Auch seine verbliebenen acht Ritter forderte er auf, sich von ihm zu trennen und einzeln unauffällig den Heimweg anzutreten.

»Denkt euch eine gute Geschichte aus, warum ihr unterwegs seid, falls ihr von den königlichen Soldaten gestellt werdet. Ihr könntet zum Beispiel auf dem Weg zu einem Verwandten oder mit einer Botschaft unterwegs sein, ihr müsst Ideen haben! Wer Freunde in der Umgebung hat, mag sich dort verstecken. Ich selber werde die Gräfin von Northumberland um Hilfe bitten.«

Jacomus, gerade sechzehn Jahre alt und der jüngste unter den Rittern, bestand jedoch darauf, seinen Herrn zu begleiten und zu schützen, bis er ihn in Sicherheit wüsste. Richard lächelte anerkennend, als Jacomus das Pferd brachte und ihm beim Aufsitzen half. Schweigend und immer wieder lauschend, ob sich Soldaten näherten, ritten sie durch die Nacht. Sie mieden das Dorf und die einsam gelegenen Höfe der Bauern, niemand sollte sie sehen. Wenn ein Nachtvogel schrie oder ein Reh sich in der Landschaft bewegte, hielten sie im Schutz von Büschen oder Bäumen an und lauschten angespannt, ob ihnen Gefahr drohte. Nur selten wagten sie, eine Strecke zu galoppieren.

So erreichten sie erst kurz vor der Morgendämmerung endlich den Herrensitz Penton Hall. Bei den Pferdeställen wieherten ihre Pferde, die Tiere im Stall antworteten und ein verschlafener Stallbursche trat auf den Hof.

»Ist deine Herrin im Schloss?«, fragte Jacomus, doch der Bursche starrte die Reiter nur mit offenem Mund an.

»Nun antworte er doch!«, forderte Richard, »sind die Kutschpferde der Gräfin hier?«

Ein älterer Mann in der Uniform eines Rittmeisters trat nun aus dem niedrigen Gebäude. In der schwachen Dämmerung war das Wappen der Northumberlands auf den Schultern seiner Jacke zu erkennen.

»Die Gräfin ist gestern Abend angekommen. Sie musste ihre Reise unterbrechen, denn es gab Kämpfe nicht weit von hier.«

Richard schien, als habe der Rittmeister ihm bei diesen Worten zugezwinkert.

»Und eure Hoheit, der Graf, ist er ebenfalls hier? Ich habe eine Nachricht für die Gräfin«, fügte der Prinz vorsichtshalber hinzu.

»Die Ankunft seiner Hoheit wird heute noch erwartet. Und du«, wandte sich der Rittmeister an den Burschen, »du läufst jetzt ins Haus und lässt der Zofe ausrichten, dass Besuch angekommen ist. Sie möge die Gräfin so bald wie möglich davon unterrichten. Wen soll sie melden?« Fragend schaute er Richard an.

»Prinz Richard von Lowick bittet, von der Hoheit empfangen zu werden.«

Der Stallmeister nickte, nahm die erschöpften Pferde

der beiden Reiter am Zügel und führte sie in den Stall. Dann forderte er die Besucher auf, ihn zum Schloss zu begleiten, er würde ihnen eine Mahlzeit bereiten lassen, denn bestimmt seien sie hungrig. Richard war sehr hungrig und folgte dieser Einladung gerne. Jacomus, der seinen Herrn nun in Sicherheit glaubte, bat jedoch nur um ein paar Stunden Ruhe für sich und sein Pferd.

»Ich lasse dir Essen bringen«, versprach Prinz Richard. »Danke für das Geleit, Jacomus, und einen sicheren Heimweg wünsche ich dir.«

Oben im Schloss war das Küchenpersonal schon bei der Arbeit, das Herdfeuer brannte und der Duft von Gebratenem zog bis in die Halle. Richard lief das Wasser im Munde zusammen. Ein schlechtgelaunter Butler führte ihn in ein Speisezimmer, setzte einen Krug Bier auf den Tisch und kündigte an, dem Prinzen hier das Frühstück servieren zu lassen. Alleingelassen spürte Richard nun die Erschöpfung und Müdigkeit vom vergangenen Tag und dem nächtlichen Ritt. Vor einem der hohen Fenster lud ein schmaler Diwan dazu ein, die steifen Glieder auszustrecken, doch kaum hatte Richard sich hingelegt, übermannte ihn schon der Schlaf. Er hörte nicht, dass der Butler ein Tablett mit Essen auf dem Tisch absetzte. Erst, als eine Frauenstimme amüsiert jemanden fragte, ob dieses der tapfere Ritter sei, wachte Richard auf und sprang hoch. Verlegen fuhr er sich mit den Händen durch die Haare, bevor er sich tief über die Hand der Gräfin beugte.

»Ich bitte um Vergebung, Durchlaucht, ich habe mich hier wohl zu sicher gefühlt ...«, erklärte er schuldbewusst.

Die Gräfin sah ihm in die Augen und dort erkannte sie, dass dieser Prinz zwar keine körperliche Anmut, aber ein ehrliches Herz besaß.

Zwei Diener breiteten weiße Tischtücher aus, setzten feine Porzellantassen und Teller darauf und brachten weitere Speisen herein. Richard fühlte sich dermaßen wohl an dem gedeckten Tisch, dass er der Gräfin Northumberland sofort berichten wollte, was ihn hierher gebracht hatte. Doch sie schaute ernst, legte schnell einen Finger über die Lippen und befahl den Dienern, sie allein zu lassen. Dann prüfte sie, ob beide Türen und alle Fenster fest verschlossen waren. Mit gedämpfter Stimme berichtete Richard nun vom vergangenen Tag. Die Gräfin erschrak, als sie vom Tod des Fürsten Chonchlon hörte.

»Er war der Treueste meiner Freunde«, seufzte sie traurig, »was soll nur aus unserem Land werden? Wann hat das ein Ende?« Unruhig durchschritt sie das Zimmer. »Nun aber sollt Ihr, mein tapferer Kämpfer, Euch erst einmal zurückziehen und ausruhen. Henry wird Euch in ein Gästezimmer führen. Ich erwarte den Grafen, er soll heute eintreffen. Er wird Euch zwar nicht verraten, doch wird er Euch auch nicht helfen, denn er fürchtet die Rache der Königin. – Wenn Ihr geruht habt, könnt Ihr Euch frei im Haus und Park bewegen, aber seid vorsichtig, was ihr sprecht! Meiner Cousine, die mich begleitet, könnt Ihr jederzeit vertrauen, sie ist meine beständige Gefährtin. Auch der Stallmeister, der Euch aufgenommen hat, ist mir treu ergeben. Den Dienern werde ich sagen, dass Ihr mit einer Botschaft des Fürsten von Norfolk gekommen seid und Geschäftliches besprechen müsst mit meinem Gatten.« Bevor der Lakai Richard in sein Zimmer hinaufführte, kündigte die Gräfin noch an, dass sie den jungen Prinzen am Abend zum Dinner im großen Speisesaal erwartete.

Henry, der Lakai, begleitete Richard durch eine Halle, die mit Teppichen und Waffen ausgeschmückt war, zur Haupttreppe. An den Wänden entlang der gegabelten Treppe mit einem kostbaren, reich mit Schnitzereien verzierten Geländer hingen die Portraits der Familie Northumberland in goldenen Rahmen. Alles hier war prächtiger und größer als auf seiner Burg

Lowick. Er hatte sie bereits geerbt hatte, als er noch ein kleines Kind war, weil seine beiden Elternteile kurz nacheinander an den schwarzen Pocken gestorben waren. Alle hatten es als Wunder betrachtet, dass eine aufopferungsvolle Amme das Waisenkind retten konnte. So war Richard unter der Aufsicht einer Kinderfrau und eines Priesters, der sein Hauslehrer war, erzogen worden und herangewachsen. Ein Vormund hatte dafür gesorgt, dass die Ländereien des Prinzen gut verwaltet wurden, bis Richard selber die Geschäfte in die Hand nahm.

Richards Leidenschaft waren die Wissenschaften und Bücher. Bevor das Kloster in seinem Heimatbezirk von den Soldaten der neuen Herrscherin geplündert und niedergebrannt worden war, hatte Richard die kostbarsten Folianten aus dem Kloster gerettet und bewahrte sie in seiner eigenen Bibliothek auf, bis eines Tages vielleicht die Mönche zurückkämen. Niemand wusste genau, ob der Abt und seine Klosterbrüder die

Verwüstung überlebt hatten. Falls sie noch lebten, würden sie in guten Verstecken ausharren oder in einfacher Verkleidung durchs Land ziehen.

Am Nachmittag verließ Richard das hübsch getäfelte Gästezimmer und schlenderte durch das Schloss. Er schritt über bunte Teppiche, bestaunte edle Möbelstücke und bewunderte kostbare Gläser in einer Vitrine. Er öffnete eine Verandatür und befand sich auf einer steinernen Terrasse, die den Blick freigab auf Rosenbeete, einen Pavillon vor einem Teich und auf fein gepflegte Bäume dahinter, unterbrochen von weiten Rasenflächen. Von der Schönheit des Ausblickes und der besonderen Harmonie dieses Parks ergriffen, beschloss der Prinz, die dichten Bäume bei seiner eigenen Burg auslichten zu lassen, damit Blumen gepflanzt und offene Wiesen angelegt würden.

Lange genoss er den Anblick des Gartens, bevor er ins Haus zurückkehrte, wo er einen weiteren Schatz entdeckte. So jedenfalls empfand er die große Bibliothek des Schlosses und sofort versank er begeistert in der Welt der Bücher, die in kunstvollen Regalen mit schmal gedrechselten Pfosten an allen Wänden bis hinauf zur Decke reichten. Erst als Lärm einer ankommenden Kutsche und eilige Schritte der Dienerschaft ihn erreichten, schreckte er aus der Traumwelt der Bücher hoch. Als es in der Halle wieder ruhig geworden war, begab er sich in sein Zimmer, um seine Kleidung für das Abendessen zu richten.

Der junge Lakai, der Richard am frühen Morgen heraufgeführt hatte, erwartete ihn schon. Er übernahm das Putzen der Stiefel, bürstete die Hosen halbwegs sauber und half ihm in ein frisches Hemd und eine Dinnerjacke, die er zu Richards großen Erleichterung herbeigezaubert hatte. Die Schultern waren zwar zu eng für ihn, aber Richard war froh, dass er halbwegs passabel gekleidet im Speisesaal erscheinen konnte.

Kaum hatte der Diener den Raum verlassen, klopfte es leise an der Tür. Eine Zofe knickste und bat ihn, ihr zu folgen, denn die Gräfin wolle ihn sehen. Sie stiegen mehrere Treppen im Ostflügel des Schlosses hinauf, durchquerten mit Steinplatten ausgelegte lange Flure, bis sie eine steinerne Wendeltreppe erreichten. Sie führte hinauf in ein Turmzimmer. Erstaunt sah Richard sich um, nachdem die Zofe ihn gemeldet und die Gräfin ihn hineingebeten hatte. Der Rittmeister befand sich ebenfalls im Raum, erhob sich aber, als der junge Prinz eintrat, grüßte nur kurz und verließ das Zimmer. Die Tür schloss er fest von außen.

Es war nicht verwunderlich, dass der Prinz in diesem Raum staunte. Niemand hätte hier oben im Turm solche Kostbarkeiten erwartet, wie sie in Hülle und Fülle vorhanden waren. An den Wänden waren wunderbare Teppiche aufgespannt, auf denen in bunten Farben prächtige Ritter, Priester und Fürsten eingestickt waren, unzählige goldene und silberne

Fäden ließen die Bilder prächtig aufscheinen. Richard nahm diese wunderschöne Handarbeit fast den Atem. Dicke Bücher mit goldenen Schriftzügen standen in einem Regal, daneben befanden sich uralte Dokumentenrollen mit goldenen Schnüren und Siegeln, die Schriften waren in feinster Handarbeit ausgeführt mit kunstvollen Bildern um die Anfangsbuchstaben herum. Einige gerahmte Marien-Gemälde, die sicherlich aus einem wichtigen Dom stammen mussten, standen an eine Wand gelehnt. Mit großem Entzücken bewunderte Richard die vorhandene Pracht.

»Diese Gobelins darf heute niemand mehr sehen, sie hingen in unserem Dom, wir mussten sie und die anderen Kirchenschätze verstecken. Unsere Priester werden verfolgt, ach, wie viele sind schon der grausamen Königin zum Opfer gefallen! Alle Klöster wurden geschändet und abgebrannt.«

Mit einem Schluchzen brach die Gräfin ab, zwei Tränen

191

rollten ihr über die Wangen. Richard schaute niedergeschlagen auf die unglückliche Frau, doch er wagte nicht, sie zu trösten. Als die Gräfin sich wieder gefasst hatte, atmete sie tief durch und deutete auf einen Sessel. Richard nahm Platz.

»Hier sind wir sicher«, begann die Gräfin, »der Rittmeister steht auf unserer Seite, er wird verhindern, dass irgendjemand uns belauschen könnte. Er bewacht jetzt die Treppe, sie ist der einzige Zugang zu diesem Turmzimmer.«

Sie seufzte tief, dann hob sie den Blick und schaute Richard direkt in die Augen.

»Was ich Euch nun sage, ist unter der neuen Königin ein Verbrechen. Ihr müsst verschwiegen sein, selbst wenn es Euer Leben kosten sollte. Seid Ihr Euch bewusst, dass der Tod darauf steht, wenn wir belauscht und verraten werden? Eine Verschwörung, würde es heißen ...«

Ritterlichkeit und Stolz erfüllten Richard, wischten alle

Bedenken beiseite, denn die Gräfin Northumberland hatte ihn, den jungen Prinzen von Lowick, mit ihrem Vertrauen geehrt. Für diese Dame würde er alles tun, was sie verlangte. Er verbeugte sich und versicherte, dass er es als Auszeichnung betrachte, der Gräfin immer treu dienen zu dürfen.

»Ich danke Euch, Prinz. Mein Ehemann hat keinen großen Mut, er wagt es nicht, offen zu widerstehen, aber wir brauchen einen anderen König! Es darf nicht sein, dass weiterhin das Blut unserer tapferen Männer vergossen wird. Wir müssen einen neuen König an die Macht bringen, einen, der uns so sein lässt, wie wir sind. Vielleicht müssen wir sogar ein eigenes Reich im Norden errichten. Ich möchte nur endlich Frieden haben.«

Die Gräfin Northumberland war im Zimmer auf und ab gegangen, Richard stand auf und griff scheu ihre Hand.

»Durchlaucht! Wer soll neuer König werden? Der junge

Robin von Tofart ist zwar ein Cousin der neuen Königin und Neffe des letzten Königs. Aber ich glaube, er steht auf unserer Seite. Vielleicht kann er das Land wieder friedlich einen? Ich kann durchs Land reiten und Verbündete suchen. Oder soll ich Mitstreiter finden für einen Kampf um unser eigenes Nordreich?«

»Der junge Tofart …« Die Gräfin schien einen Moment lang überrascht, dann drückte sie Richard die Hand und nickte entschieden.

»Dieser Gedanke ist gut, mein ritterlicher Freund! Robin Tofart hat einen klugen Kopf, er ist nicht fanatisch und er wird sich nicht einmischen in unseren Glauben. Ja, wir müssen versuchen, ihn zum König zu machen!«

Beim Dinner mit dem Hausherrn, der Richard freundlich willkommen hieß, vermied die Gräfin jedes heikle Thema. Ihren Gast hatte sie dem Gatten als einen entfernten Verwandten des Prinzen Robin von Tofart vorgestellt, und ihr Mann hatte beifällig genickt.

Später am Abend durfte Richard der Gräfin in ihrem Salon Gesellschaft leisten. Eine Cousine saß bei ihr, als Richard hereingeführt wurde. Sie war noch jung, hatte ihre dunkelblonden Haare zu einem Zopf geflochten, nur ein paar vorwitzigen Löckchen war erlaubt worden, Stirn und Ohren zu umspielen. Vielleicht war ihr Gesicht zu mager und die Nase zu spitz – aber Richard fand sie wunderhübsch mit ihrem bezaubernden Lächeln. Nach der förmlichen Vorstellung sprach sie ihn ohne Scheu freundlich an und wollte wissen, wie lange er Gast auf Penton Hall sein würde. »Meistens ist es nämlich sehr langweilig hier«, fügte sie mit einem schelmischen Lächeln hinzu.

Zum ersten Mal spürte Richard Bedauern darüber, dass er einen wichtigen Auftrag erledigen und am nächsten Tag abreisen musste.

»Prinz Richard wird gewiss wiederkommen, Katie, wenn er unsere Botschaften durch das Land getragen hat«, meinte die Gräfin zu Richards großen

Erleichterung. Er wusste jetzt, dass er wieder herkommen dürfte.

»Dieses Empfehlungsschreiben wird Euch helfen, Prinz«, sagte die Gräfin und überreichte ihm einen Brief mit ihrem Siegel.

Als die Damen sich für die Nacht zurückgezogen hatten, führte der Butler Richard in die Bibliothek, wo der Hausherr vor einer Karaffe dunklen Weines saß.

»Setz dich zu mir, Junge, ich weiß, dass du für die gute Sache gekämpft hast und tapfer bist.«

Der Graf von Northumberland war schon ein alter Herr und durfte den Prinzen ohne jede Förmlichkeit ansprechen.

»Ich habe deinen Vater gekannt, er war ein fröhlicher Bursche ... Traurig, dass er nicht sehen kann, was aus dir geworden ist.«

Kaum hatte er Richard ein Glas Wein eingeschenkt, waren eilige Schritte auf der Treppe und in der Halle zu hören, fast gleichzeitig mit dem Anklopfen riss der

Kammerdiener des Grafen die Tür auf.

»Der Prinz muss weg! Die Königlichen sind vor dem Schloss, sie werden alles durchsuchen!«

Richard sprang auf und wollte zur Terrassentür laufen.

»Halt! Die Feinde haben das Haus schon umzingelt. Dort ist kein Ausweg mehr!«

Der Kammerdiener hielt Richard am Arm fest. Seine Augen glitten über eine Bücherwand, dann trafen sie den Blick des Grafen Northumberland.

»Sollen wir es versuchen?«, fragte er.

Der Graf nickte. Sein Diener drehte an einer hölzernen Halbkugel in der Schnitzerei des Regals, dann schob er einen Holzstab hoch, der sich als Riegel zu einer Geheimtür in der Bücherwand herausstellte. Während der Kammerdiener noch den Teil der Bücherwand aufzog, der eine schwarze Öffnung freigab, klopfte es wieder an der Tür. Der Butler, der Richard schon am Vormittag als unfreundlich aufgefallen war, trat überstürzt ein und meldete, dass ein Hauptmann der königlichen Armee mit seinem Trupp Einlass verlange. Dieser Hauptmann habe den Befehl, mit seinen Soldaten das Haus nach Aufständischen zu durchsuchen.

Graf Northumberland hatte sich dem Butler schnell in den Weg gestellt, um ihn daran zu hindern, weiter ins Zimmer einzutreten und womöglich die geöffnete Tür im Bücherregal zu entdecken.

»Richte dem Hauptmann aus, dass ich ihn in fünf Minuten im kleinen Salon empfangen werde!«

Dann drehte er den Schlüssel im Türschloss um.

»Jetzt geht es um Alles! Schnell, junger Richard, dies ist ein altes Priesterversteck, es ist eng, aber es gibt einen Gang hinaus bis zu den Bäumen hinter dem Teich. Ich lasse den Stallmeister benachrichtigen, er wird dein Pferd satteln und hinführen. Viel Glück!«

Nur einen kurzen Moment zauderte der dicke Prinz, als er in die Türöffnung getreten und die enge

Öffnung zum Versteck erkannt hatte. Dann atmete er mit einem schweren Seufzer aus, drückte sich in das winzige Loch und tastete sofort nach dem Gang, der hinausführen sollte. Um ihn herum war es stockfinster, denn der Kammerdiener hatte die Tür zur Bibliothek hinter ihm sofort wieder geschlossen. Richard machte sich keine Illusionen, überall gab es Verräter, die mit den Häschern der Königin zusammenarbeiteten und dieser Butler, der so misstrauisch und unfreundlich war, hatte kaum ein hämisches Grinsen unterdrücken können. Hoffentlich würde es dem Grafen gelingen, diesen Mann davon abzuhalten, Richards Anwesenheit im Haus zu verraten.

Er musste sich tief bücken und schließlich sogar kriechen, denn der Gang war sehr schmal und führte steil hinab. Richard schwitzte, er hörte sein Herz in den Ohren hämmern und dennoch vernahm er das panische Huschen von Ratten oder Mäusen, die er aufscheuchte. An einigen Stellen war der Durchlass so eng, dass der Prinz beinahe verzweifelte, ehe er sich mühsam weiter voran quetschen konnte. Die Luft war dumpf und staubig. Es schien eine endlose Zeit vergangen zu sein, bis er meinte, nun einen etwas frischeren Luftzug zu atmen. Wie eine Erlösung war es, als er schließlich die Kühle der Nacht am Ende des Ganges erreichte. Unbeholfen richtete er sich draußen auf und atmete durch.

Es war still, kein Soldat schien in der Nähe zu sein, aber Richard zuckte zusammen, als eine Eule ihr schauriges Uuuuhuhuu zu rufen begann. Der Geruch eines Pferdes stieg jetzt in seine Nase und schon hörte er die vorsichtigen Schritte des Rittmeisters und weiches Huftrappeln. Der junge Prinz war sehr erleichtert, dass man an sein Schwert gedacht hatte, dessen Griff einen Moment lang im schwachen Mondschein aufblitzte. Auch die Satteltaschen waren prall aufgefüllt worden. Der Rittmeister verbeugte sich, doch Richard reichte ihm die Hand.

»Es sind treue und tapfere Männer wie Ihr, die unser Land braucht. Habt Dank!«

Mehr als drei Wochen war Prinz Richard unterwegs. In Gasthäusern gab er sich als Wollhändler aus und war klug genug, zurückhaltend und bescheiden aufzutreten. So erfuhr er, vor wem er sich hüten musste und ob königliche Jäger in der Nähe waren. Das Empfehlungsschreiben der Gräfin verschaffte ihm Zugang in jene Häuser, wo die Gräfin Unterstützer vermutete. Richard traf auf mächtige, aber auch auf sorgenvolle Männer und Frauen, Menschen, die er oft erst überzeugen musste, die Unterdrückung durch die Königin nicht länger hinzunehmen. Als er mit den Antworten für die Gräfin nach fast einem Monat Abwesenheit die Ländereien von Penton Hall wieder erreichte, kam eine auffällige fuchsrote Stute auf ihn zu galoppiert, im Sattel saß Katie, die ihm übermütig und fröhlich rufend begrüßte. Richard strahlte sie an, ein Glücksgefühl durchfuhr ihn.

Katie war eine selbstbewusste junge Frau und ihr herzlicher Empfang machte ihm Hoffnung, sie zu seiner Ehefrau gewinnen zu können. Am Abend, nach dem Dinner mit dem Grafen, der ihn sehr gelobt hatte, erzählte Richard mit leuchtenden Augen Katie von seinem Heim, der Burg Lowick, und von seinen Plänen für den Park von Lowick.

»Doch zuvor müssen wir das Land von der tyrannischen Königin befreien. Danach möchte ich aber sehr bald Eurem Vater vorgestellt werden, Mylady.«

Richard schaute der jungen Frau lächelnd in die Augen.

»Oh! Prinz Richard! Ich habe doch gar keine Eltern mehr, meine Cousine, die Gräfin, ist mein Vormund. Doch sie würde meinem Glück niemals im Wege stehen wollen …«

Ein spitzbübisches Lächeln begleitete ihre Worte. und Richard merkte, wie sehr er dieses Mädchen liebte. Er griff nach ihrer Hand, beugte sich darüber und als Katie ihn anschließend süß anlächelte, konnte er nicht widerstehen, sie auch auf den Mund zu küssen. Katie erwiderte den Kuss leidenschaftlich, doch dann trennten sich beide erschrocken, denn aus der Halle war ungewöhnlicher Lärm zu vernehmen. Aufgeregte Stimmen und Jubelrufe waren zu hören.

Flink huschte Katie zur Tür und riss sie neugierig auf. Graf Northumberland und seine Gattin strahlten den Rittmeister an, der die freudige Nachricht überbracht hatte: Die neue Königin war im Kindbett gestorben. Schon jetzt hatte sich herumgesprochen, dass Robin Tofart große Chancen hätte, ihre Nachfolge anzutreten. Ungestüm warf sich Katie ihrem Prinzen in die Arme und rief: »Alles wird gut, du musst nicht mehr fort! Wir können schon ganz bald heiraten!«.

Richard spürte den Blick der Herzogin, aber es war ein freundlicher Blick. Die Hochzeit wurde auf Penton Hall gefeiert und der Herzog versprach, Taufpate für das erste Kind des Paares zu werden. Von nun an führte

203

Richard mit seiner Katie das Leben, das er sich immer erträumt hatte.

Noch eine Weile schaute Immanuel, der Geschichtenerzähler, etwas nachdenklich auf den Sägebock, auf dem Richard bis vor wenigen Minuten gesessen hatte. Doch dann leuchteten seine Augen auf und er lächelte zufrieden. Er wusste, dass er den Küchenjungen ins Glück geführt hatte.

Immanuels Abschied

Lange erinnerte sich Immanuel an jene Stadt und Zeit, in die er Eirene gebracht hatte. Insbesondere die gewaltigen Schiffe im Hafen hatten seine Sehnsucht fast unerträglich gemacht, die ganze weite Welt zu entdecken. Er wollte unbedingt auf einem dieser Schiffe mitfahren. Aus seinen Geschichten wusste er, wie sehr sich die Welt noch verändern würde, aber er wusste auch, welche Schönheiten sie barg. Das alles wollte er selbst kennenlernen.

An seinem siebzehnten Geburtstag hatte die Mutter süße Krapfen für die ganze Familie und die Gesellen gebacken und als alle gemeinsam beim Essen saßen, sagte der Vater plötzlich: »Es wird nun Zeit, dass du dich auf Wanderschaft begibst, Junge, damit du Tischlermeister werden kannst. Der Frühling beginnt, jetzt wäre die richtige Zeit dafür. Willst du nicht losziehen?«

Immanuel nahm seinen ganzen Mut zusammen.

»Ja, Vater, ich würde mich gerne auf den Weg machen, denn ich möchte die Welt sehen. Aber ein Tischlermeister möchte ich nicht werden. Unser Philip hier, der wäre viel besser dafür geeignet als ich.«

Der Geselle Philip errötete leicht, alle warteten besorgt, wie der Tischlermeister reagieren würde. Die Mutter versuchte, das gespannte Schweigen zu brechen, sie stand auf und träufelte mehr Honig über die Krapfen auf den Holztellern.

»So soll ich also meinen Sohn abgeben an die unstete

Gesellschaft der Gaukler und Spielleute …«, seufzte der Vater schließlich und fügte hinzu: »Philip also … Sag mir, Junge, wie sehr hängt dein Herz an unserem Beruf?«

»An nichts hängt mein Herz mehr, Meister! Ich habe schon so viele Ideen! – Und ich werde lernen, bis ich der Beste bin!«, erwiderte Philip mit großer Entschlossenheit.

»Dann soll es so sein. Wenn die Haferernte beginnt, wirst du zu deinen Wanderjahren aufbrechen, Philip«, entschied der Tischler.

Immanuel folgte seiner brennenden Sehnsucht, die ihn in die Welt hinauszog, schon am nächsten Tag. Auch die Liebe zur Mutter und den Schwestern konnte ihn nicht zurückhalten, seine eigenen Abenteuer in einer neuen Zeit zu suchen. Brav verabschiedete er sich vom Vater und den Schwestern, die hin- und hergerissen waren zwischen Abschiedsschmerz und

Freude darüber, dass der Bruder sich seinen Traum erfüllen durfte.

Die Mutter hielt ihn lange in den Armen.

»Gott segne dich, mein Sohn. Wirst du wiederkommen?«, fragte sie zum Abschied nur.

»Ja, Mutter, wir werden uns wiedersehen«, versprach Immanuel, »und dann werde ich dir die Geschichten erzählen, die ich selbst erlebt habe.«

Weil es jährlich ca. 100.000 Neuerscheinungen auf dem deutschen Buchmarkt gibt, freue ich mich besonders, dass du dieses Buch gefunden hast und hoffe sehr, dass es dir gefallen hat.

Es ist schwer für uns Autoren, in den digitalen Katalogen aufgefunden zu werden, aber wenn du dieses moderne Märchenbuch magst, kannst du mir mit deiner Bewertung auf einer Verkaufsplattform helfen, etwas sichtbarer zu werden. Damit würdest du mir eine große Freude machen.

Zur Autorin

Viel erleben und darüber schreiben – das war und ist mir wichtig im Leben. Ich liebe die Natur und das Reisen, sammele mit Begeisterung neue Erfahrungen, führe Gespräche mit vielen Menschen und kann gut zuhören.

Daraus wachsen oft Impulse zu meinen Geschichten und Gedichten. Selbst wenn ich beim Spaziergang mit dem Hund mit jemandem ins Gespräch komme, lerne ich fast immer kleine oder große Geschichten.

Foto © Carsten Imhof

Geboren und aufgewachsen bin ich im west-fälischen Detmold in den spießigen 50er Jahren. Schon ganz früh habe ich mich danach gesehnt, in die weite Welt hinausgehen zu können und die meisten meiner Träume konnte ich verwirklichen. Ich lebte mit meiner Familie in verschiedenen Ländern und wir sind viel gereist.

Studiert habe ich Landespflege, Psychologie und Englisch sowie eine zusätzliche Ausbildung als Touristikkauffrau gemacht. Zwei Kinder und ein wunderbarer Ehemann haben mein Leben geprägt. Ich interessiere und engagiere mich für meine Mitmenschen, für Gesellschaftspolitik und die Vielfalt der Natur. Schreiben ist mehr als ein Hobby für mich, es ist eine Leidenschaft, die großen Spaß macht und lebendig hält.

Neben wissenschaftlichen und journalistischen Texten oder Anthologie-Beiträgen habe ich seit 2012 fünfundzwanzig eigenständige Bücher in verschiedenen Genres veröffentlicht:

Von Elfen, Trollen und Zwergen. Begegnungen mit den kleinen Völkern
Märchenhafte Geschichten TB, Hardcover, E-Book , Okt,2024

Briefe von See 1964-65 Auf einem Charterschiff durch die Welt. Zwei Brüder heuern sehr jung auf einem Schiff der Handelsmarine an. Taschenbuch und E-Book, Oktober 2024

Ein kleiner Skorpion im Bett bringt dich nicht um. Vom Reisen durch die Welt. Humorvolle Reiseerlebnisse auf 5 Kontinenten, TB, Hardcover, E-Book, 280 S., Juli 2023

… und wunderbar das Volk manipulieren. Politische Gedichte. Taschenbuch und E-Book, November 2022

Schmuddelbuch. Neuauflage: Kriminalroman um zwei Tote und ein Manuskript. Taschenbuch und E-Book August 2022

Manchmal meldet sich der Wolf in mir. Hunde erzählen ihr Leben: Elf vierbeinige Gefährten berichten aus der Hundeperspektive von sich und ihren Menschen. Taschenbuch und E-Book, März 2022

Beim kleinen Volk im Wald: Frau Gerda und ihr Hund dürfen am Leben einer Wichtelfamilie teilnehmen und ihre Naturwelt kennenlernen. Taschenbuch und E-Book, Januar 2022

CORONA. Wir leben noch. Aber wie? Ein Virus spaltet und radikalisiert die Gesellschaft, Essay, 82 S., Taschenbuch und E-Book, September 2021

Elf fiese Weihnachtsmorde: Wenn Festtagsstimmung mörderisch wird. Taschenbuch und E-Book, November 2020

Sanfte Heimat Detmold und Teutoburger Wald: Gedichte mit Fotos zu Orten und Wanderungen im Lipperland, Taschenbuch und E-Book, Juni 2020

Weit draußen – Mordermittlung auf St. Kilda: Ein Schottland Krimi mit starken Frauen, Taschenbuch und E-Book, November 2019

Worte finden bei Trauer und Schmerz – Abschied bewältigen: Gedichte, Bilder und Geschichten. Hardcover, Taschenbuch und E-Book, August 2019

Was immer bleiben sollte. Lyrik zu Natur, Heimat und Welt: Taschenbuch und E-Book, August 2019

Weihnachtszeit friedlich sanft bis mörderisch böse: Gedichte und Geschichten. Taschenbuch und E-Book, November 2018

Waldemar Kein Nazi - Kein Held - Kein Ruhm: Hundert Jahre kleiner Mann in Deutschland (1918-2018). Taschenbuch und E-Book, Oktober 2018

Die Liebe der Trollprinzessin: Ein Fantasy-Märchen. Taschenbuch und E-Book, Juli 2018

Du sollst nicht schreiben! Mord unter Schriftstellern: Krimi. Taschenbuch und E-Book, November 2017

Keine Angst vor Industrie 4.0 Digitalisierung als Chance für humane Arbeit: (gemeinsam mit Dr. P. Greschke). Sachbuch. Taschenbuch und E-Book, November 2017

Lucius. Die Bürde der Prophezeiung: Fantasy-Roman, Taschenbuch und E-Book, September 2017

Weihnachten zart-herb: Geschichten und Gedichte. Taschenbuch und E-Book, November 2016

Neue Liebe pünktlich zum Fest: Romantischer Kurzroman. E-Book, Nov. 2016

Warum funktioniert der Computer wieder nicht? Heiter-satirischer Ratgeber zu digitalen Generationskonflikten. Taschenbuch und E-Book, Mai 2015

Mord bei Kurs Nord – Zwei Freundinnen ermitteln: Eine amüsante Detektivgeschichte. E-Book, August 2015

Wenn Wellness nicht guttut: Krimi. E-Book, November 2015

Kein roter Faden – weil das Leben bunt und unfair ist: Geschichten für lange und kurze Momente. Taschenbuch und E-Book, August 2015

Ausführliche Beschreibungen der Bücher findet ihr auf meiner Autorenseite unter „Notizen" und im Fotoalbum „Veröffentlichte Bücher", sowie auf meiner Facebookseite oder auf meiner Autorenseite bei Amazon.